拾起那遺忘的青春

蕭正儀——著

目次

輯二 明朝散髮弄扁舟

自序　從昨日、今日到永遠

李白詩云：「棄我去者，昨日之日不可留；亂我心者，今日之日多煩憂……。」昨日，不論是悲是喜，總像無形的捆索，拉扯著並導引我們的下一步；似一塊無影的包袱，負在我們的背脊。以致形成今日種種人情物態，也許迷惑，也許堅定，都讓我們在心中牽掛，牽掛著那似留非留的昨日，以及滿有期盼又無法知曉的明日。

昨日牽引著今日，今日又牽引著明日，如此反覆，直到與這個世界告別的那日。

如何擺脫昨日的喜怒羈絆，洗脫舊夢？又如何活在今日，生命重生更新變化，使每一個明日都是新鮮的，直到永遠。這一直是我的課題。

但本書沒有這麼大的能力與魅力，來探討這麼龐雜巨大的課題。本書僅僅以「昨日之日不可留」、「明朝散髮弄扁舟」這兩個段落中多年來已經發表的散碎文章，匯聚成昨日的情懷、今日的意念，以及明日直到永遠的方向。

盼望藉著這本書，讓你我的心靈之河更為流暢。

輯一　昨日之日不可留

遺忘

ㄅ

握著久已不用的鈍剪，嘎然一聲，及肩的長髮瞬即落下，望著焦黃歧亂的髮絲，散落一地，再也不用撿起的這撮頭髮，真的已經毫無用處？

在生活的磨蝕下，早已銹黃的剪刀，仍能一再地剪斷歲月的軌跡，剪斷我漫長的等待，是地上散亂的髮絲，禁不住時間的呼喚，兜不住滿心的悵惘，終將落入深長幽黑的時空漩流裡，在生命闃暗的底處迴繞。至於曾有的髮式與容顏，我當我已經遺忘，並且在記憶的岔道中逐漸褪色。

原本期望能於糾結的髮絲中，找出一些有關於妹妹的事，但是妹妹呢？妹妹是從來不需要自己整理頭髮的，她只要躺在母親懷裡，就能被打扮成公主一般，紮著兩條小辮子，展示於大人之間。尤其是每年過生日，媽媽和爸爸會帶著妹妹，去「國際攝影」照相，買一個大蛋糕，包下整個西餐廳，爸爸會牽著妹妹，一桌一桌去敬酒，每位叔叔伯伯都想抱起妹妹，親親她胖嘟嘟的小臉。那年，妹妹六歲，最後一次過生日。

妹妹從來不知道什麼是玩伴，只知道爸爸媽媽，所以無論妹妹要什麼，無論多遠、多貴，媽媽一定叫爸爸要立刻買來，除了買不到一個妹妹或弟弟外；妹妹也從來不喝白開水，她的白開水就是澄黃的柳丁原汁，她的早餐是一杯五百ＣＣ的牛奶及一粒克補，因為，妹妹有一個媽媽。

妹妹是公主，但她的媽媽卻每天穿著破舊的睡衣。

妹妹有的只是一個媽媽！

夊

妳走了，並不是妳自願要走的，是他們把妳抬走的，抬進了火化爐裡！

那天，最後一次見到妳，他們幫妳化了粧，掩去妳蒼白憔悴的容顏，幫妳穿上一件寶藍色旗袍，是妳最喜歡的一件，幫妳戴上的假髮，是妳半年前訂做的，不曾正式地戴過。而今，在這莊嚴肅穆的場合裡，妳全都穿戴起來了，卻沒有笑容，像具蠟像般地躺在這具長形木盒子裡。

妳帶走了妳最喜愛的東西，獨獨遺漏了我！我跪在地上低著頭，思忖著母親是什麼？是妳拿著一條毛巾，幫我墊在背上吸汗；是妳握著一根湯匙，一瓢一瓢地挖美國蘋果餵我吃，是妳蒼白的唇喝令我不准頑皮地亂爬亂跳。而妳真的不再言語了嗎？不再逼我吃任何東西？我相信這絕對是一個騙局，妳會以另一種身分出現，帶我走向另一個人生，妳既沒有走，也不會走！

妳走了，而我沒有哭，因為我不知道該給無言的妳怎樣的回應？如何相信那具蠟像竟是拍著我睡覺的妳?!但在蓋棺的那一剎那，我終究是哭了，當乾媽打我時，她說妳是為我而死的，是我把多病的妳給折磨死的，我努力使自己哭，很努力地！

是否妳也相信這樣的說法？

妳沒有說，沒有喊我，沒有叫我喝牛奶，直到火化爐裡的火焰熊熊燃起時，妳還是沒有喊我！

「

假使她沒有死，今天的妳又會是怎樣的景況？

她以一種過於絕對的愛來愛妳，超乎於她自己生命之上的，把妳供養在一間無菌室裡，不能隨便跟小朋友出去玩，不能流汗吹風，不能在別人掃地時走過去，不能有任何的細菌和傷害，妳是她生命全部的希望與寄託，她唯一的至寶，於是妳不知天高地厚，只能在她所創造的無菌室裡，幻想著外面的世界。

她對於妳的一切，也就成為妳對愛的詮釋，妳用這樣的愛去衡量周遭的人事，世界就不再屬於妳的了！這樣的人格塑造，這樣絕對的愛，加諸一個六歲大的孩子身上，是幸抑或不幸？她為妳所創造的一個世界，難道不是她為自己所創造的一個夢？

她的夢結束，妳的世界也就碎裂！

妳看，妳身上一直罹患的過敏症，難道不是她所造就的嗎？是她使妳對真實的世界敏感，無法適應。如果她還活著，在她長久的重重圍護下，妳將是一個更為驕縱、任性、頑劣、只知茶來伸手，飯來張口的孩子，不知世事人情，對外界毫無抵抗力，這樣的人又能做些什麼？

她的夢必須結束，而妳的世界也必須經過碎裂！

ㄈ

我盼望今晨的雨能持續地落著，那點點雨絲在風中翻飛，混雜著泥土香味，風一吹，從紗窗外飄了進來，深吸一口氣，隨著雨點飛出窗檐，進入迷濛的畫境，那是一片積水的泥濘地，在泥地裡，我跟小朋友們用蓋房子的黑沙，做成一個個泥球，被打爛後又揉起，正沉浸於童年的懽悅中時，媽媽叫了我：「妹妹，下雨不要趴在窗口。」我離開紗窗到母親身邊，仍然想著，今晨的雨或許會下個不停，但下或不下，都沒有太大的分別。

媽媽的手上正一針一針地織著毛衣，毛衣的樣式我並不喜歡，媽媽那雙手的樣式我也不喜歡，那是雙乾癟枯黃，佈滿皺紋的手，而且有著濃重的藥味，令我幾乎不敢正視或暱近，但總在我疲倦欲睡時，媽媽的一隻手會拍著我的背，另一隻手放在我的胸前，讓我撫摸她的肘關節外側皺紋處，如此我才能入睡。

我盼望能有客人來，常常，我偷偷傾聽媽媽和客人說話，學習他們的應對言語，想像大人的世界，於是我學會了「謝謝」、「不敢當」等語。但是這一上午，沒有人來，我只有趴在爸爸的單人床上，練習寫ㄅ、ㄆ、

ㄇ、ㄈ，大、中、小等字，直到媽媽累了，叫我跟她一起睡覺，只好從爸爸的窄床上爬到我跟媽媽的大床上，等媽媽渾然入睡時，我再起來自己玩扮家家酒。

今晨，風雨聲聲交奏的樂章中，沒有歌聲和笑聲，因為不必去幼稚園上學，因為下雨，因為睡晚了，這樣也好，這樣媽媽就不用在教室門口陪我直到放學。媽媽說：「路上壞人很多，專門拐騙小孩子，妹妹千萬不可以跟陌生人說話喔！」我說：「好，謝謝，不敢當！」

媽媽始終不放心，她怕失去我，我更怕失去了她。

ㄉ

妳卸下了藍色碎花格子的軟舊睡衣，換上寶藍色旗袍，妳說：「再不穿，怕沒有機會了！」然後把早上剛沖泡的牛奶，倒進我的兩個舊奶瓶裡，等妳做完檢查後喝的。待出了計程車進入榮總，爸爸穿著白色制服在等我們，帶我們到診察室後，妳躺在診察床上，叫我一定要把奶瓶裡的牛奶喝完。

剛進病房未躺下的妳，用虛軟的手，幫我整理被風吹亂的頭髮，梳成一條紮實的辮子，梳完後妳高興地說：「妹妹將來把頭髮留很長時，再剪下來給媽媽做假髮好不好？」我說：「好，可是要很久！」

夜晚，躺在白色病床上的妳，面色蠟黃枯槁，一雙泛黃的眼睛，如同月光般地注視我，拍著我的頭說：「妹妹，妳累不累？躺上床來，媽媽拍妳睡覺。」我說：「不要……，那是病人的床！」

無言的妳坐在輪椅上，被爸爸推出病房，朝花園中陽光下的我走過來，妳用盡了力氣叫住我：「妹妹，不准爬樹，多危險啊！」我一跑一跳地過去，妳又大聲喝斥我：「走路要好好走，跌破了流血怎麼辦？」妳撫住脹起的腹部，爸爸趕緊把妳推進病房打針。

乾媽說妳手術後就可以出院了，出院時，我要幫忙拿什麼呢？我想了想說：「媽媽什麼都沒有，那她出院時我幫忙拿藥罐子好了！」

氧氣罩摀住了妳的嘴，使妳無法言語，無法呼喚我，並且阻擋了妳對我的承諾，妳說要等我的頭髮留很長很長……。但是氧氣罩下的妳，只能對我伸出一隻手，而我卻站得遠遠的，不知手足何以措，因為妳不再需要藥罐子了，妳要的只是一個我！

去

她最需要的是妳，因為一個女人一生中最重要的是她的孩子。但不能生育的她，又長年患有肝病，縱使對丈夫濃厚的愛情，對朋友深重的情義，也不能彌補急欲付出母愛的虧憾，所以在她中年時擁有了妳，妳是她全部的生命，她將她的缺憾給了妳！

人生最圓滿絕對的是一份愛，造成人生最大缺憾的也是一份愛。於是，在這個周而復始的圓裡，愛原是要經過時空的洪流，周而復始地傳承延續。

宇宙是一個圓、地球是一個圓、萬物諸生是一個圓、愛是一個圓、人生是一個圓，人是迴旋在這個偌大的圓裡一個虛渺的原點。

她將她的缺憾創造一個圓留給了妳，而妳如何用一份缺憾創造出另一個圓？

ㄋ

我所有的等待只因為一個恆久的夢、一個永不歇止的圓，在昨日陳舊的影像中一再重現遺忘已久的影子，經過空氣的凝結、陽光的重組，建造出一座堅固的房子，孕育大腦所有的細胞，以求能夠在每一個屬於風的日子期盼自亙古以來生命底無盡尋求。

我知道我已經遺忘，已經遺忘在長而密的黑髮中，在蒼白縹緲的夢中，在擁擠的人群裡，在躍動不止的心脈間，在氧與二氧化碳、在空氣、在生命、在宇宙無盡底黑洞裡。

ㄌ

妳不再言語、不再笑容、不再蹣跚而行，行在黃土高原上、行在長江流域中、行在台灣海峽裡、行在嘉南平原上、行在台北市的街道中，無論是泥土、是河流、是海洋、是草原、是街道、是妳煢煢孤影、是妳的路、是妳的一切一切，一切的腳步已經走盡。

妳繼續地行走、繼續地飄浮在這無盡的圓裡，如一條隨時幻滅的黑影，再也無法掩藏，只因為妳就是我，我跟妳同樣的一雙腳走在同樣的道路上。

ㄍ

還諸天地的是一份無怨無尤、無止境的愛……

時空的煉獄並無法阻擋所有的符號，譬如注音符號中的ㄇ與ㄚ，在昨日的朝陽下形組成ㄇㄚ，在今日的狂風中即崩解成無影無形，但在明日裡，明日又將化為一隻精靈的手，於無形中緊緊抓住朝起夕落的——

陽光——它——從來不曾遺忘。

ㄎ

媽媽，好遠好遠，彈珠滾得好遠好遠，再也滾不回來了！洋娃娃的肚子，怎麼不唱歌？像火一般紅的，教我畫一個太陽吧！鉛筆好禿好禿，畫不出一個完整的圓。ㄎ下面的一個注音符號是什麼？爸爸叫我，跪在病房門口，妳禿白的頭髮，怎需覆上白布？我跪著，一直地等，等頭髮留很長很長，媽媽——

ㄏ

十八年生死路上兩茫茫，暗自迴旋在晝夜無盡的思量時，妳不再從我夢中走出，縱使相逢，那塵滿面的是我，而鬢如霜的是妳，妳我無法相識，只因妳不再為我拭去臉上的塵埃嗎？只因我任歲月流逝卻仍無法為妳做一頂假髮嗎？還是……，還是我們將在某一個時空相會？

ㄐ

我不再拾起地上雜亂的髮絲，不只因為毫無用處，而是頭上的髮絲，還會長得更密、更黑、更長！

妹妹總是頂著一頭烏黑的長髮，奔躍在陽光下。

我確信我活在兩個世界當中過，而妹妹，真的是第一個世界的我嗎？

（文建會與師大合辦文學獎第一名。刊登於聯合報副刊。由楊昌年教授收錄於《現代散文新風貌》一書中：意識流散文之分析）

唯一的父親

我多麼想醉在此時此刻，可是任這酒再濃，也比不上您的恩深情濃……。

四周是黑壓壓的一片，我在無盡的時空裡奔馳，內在與外在的呼喊不斷發生衝撞，我被隔絕在這蒼茫的宇宙裡。童年的影像不停地重疊交替，我欲伸出手去抓，用整個身子撲向那霧般的影像，卻茫然撲倒在冰冷的大地，朦朧中有雙厚實的大手將我扶起。抬起頭忽見一絲陽光在眼前閃現，當我站穩時，又不知身在何方？我不清楚天地是否在旋轉？我只能從內心發出聲嘶力竭的呼喊——那最熟悉的兩個字，最熟悉的身影。在急速的喘息中，從極度的驚呼裡猛然地坐起時，忽然發現這只是間八坪大的斗室。

已經夜裡兩點了，我欹在枕上，才發覺睡衣的領口與枕邊有點水跡，或許是窗外的雨點悄悄打進來的，當我起身欲關上窗戶時，眼睛又略感模糊了。從前在家裡，每次睡前沒關窗戶，夜裡下起雨來，總是父親起來替我關的，第二天，他又要訓我，他說：「雨打進來會把書淋濕的，要是感冒了你又要鬼叫，講了多少遍都不聽。」

我不知道父親今晚是否吃過宵夜？每晚他都是要吃過宵夜才入睡的。縱然近在咫尺，只是幾條街道的間隔，也難如同往日，陪他淺酌低吟，他也無法再帶宵夜回來給我了。多少孺慕之情，只在心中低迴，搜尋那兒時的記憶，多麼想乘著夜風的吹送，飛向父親的懷中，飛回時光的隧道，猛然中才發覺我已成長，是兒時夢已碎，還是夜的孤冷？仰望夜空裡星辰無數，彷彿父親無盡的關懷與慈愛，這一生一世，伴我在漫漫長夜。

七歲以前，最怕的是母親的皮拖鞋，從小皮膚過敏的我，總愛把全身抓的不堪入目，每當正過癮時，母親就用皮拖鞋抽我的小手。後來，最怕的是父親的皮拖鞋，他一看我手不對勁，混身亂抓，遠遠地一隻拖鞋就丟了過來。母親逝世後，原本在父母卵翼呵護下的我，從此掉入另一個境界裡，展開另一段生命的歷練。沒多久，父親再娶，不久也陸續添了兩個弟弟。對於家，對於父親、母親，似乎是無數矛盾感情的糾結，是一個模糊籠統的意象，只道唯一的依恃是父親，那個我向來景仰、向來引以為傲的父親。但是，卻又怎麼無法與七歲以前的歲月連結呢？少年的我，不想懂得太多，想得太多，卻又如此多思敏感；對於未來與成長的期盼，有一種莫名的惆悵與恐懼，似乎意識到長成後必須面對的事實，那些揮之不去的問題。

八、九歲時，當我第一次發現，死去的母親居然不能生育，我只能埋藏在心底，埋藏在少年的幻想裡，因為我所擁有的，只是一個父親，兩個母親。我用保護與感激的心，織成密密的網，網住成長的歲月。也曾有年少的輕愁，愁緒似波濤起伏，抑遏不住時，只有關在房裡，「天倫歌」放到極度，反覆迴盪在心中，每一段詞句，都串成無數條繩索，將我綑綁；每一個音符，俱化成無數針尖，扎在我心深處。而當我不再把它當成問題或祕密時，我已然成人。

我從來不知道父親也喜歡聽歌，他說那首電影插曲很好聽，當我聆聽時，記得那幾句：「……假如你不曾養育我，我的命運將會是什麼？……沒有家哪有你，沒有你哪有我……」

晚餐時，乍見父親的兩鬢和髮鬚、眉毛，竟然添換了顏色；眉角、額間的條條紋絡，明了痕跡，難道這些年來，我們所給予他的，只是灰白的顏料與生活的利刃嗎？我驚愕於眼前這個老人，居然是我瀟灑倜儻的父親，我不知道時鐘是否已經停止，不知道究竟吃了幾口飯？但我確知我從不曾注意眼前這個老人，這突來的發現彷彿要抑住我的呼吸。而父親這時拍了拍我說：「吃飯時在想什麼？上次妳說想搬出去住，我認為租沒有買好，妳到底有沒有去看合適的套房啊？妳終有一天要自立的，我不能照顧妳一輩子，將來有一天我不在了，看妳怎麼辦？」

我並未把買房子的事放在心上，不願意身外的房子對我形成約束或羈絆，更不知該如何離開那個「家」。當我從東部旅遊回來時，父親卻已經替我看好房子了，他喜歡那裡的地點、環境、那棟大廈的結構、管理，而我親自去看後，著實愛上了那裡。但約定購買時，卻產生萬般猶豫而徘徊不定，我真的要離開家，離開父親嗎？

我怎麼會說出那樣的話？我是怎樣對待我唯一的父親，那段日子是我成長中的瓶頸，在混濁的情緒裡搖晃不定，我以為父親從來不曾了解我，但我又何曾了解過他？父親要我在三種購屋方式中擇其一，我並不感覺我對房子的需要，更不願意受金錢的約束，因而感到惶恐不知所措。任何一種方式都不是我願意面對的，但我仍以輕鬆帶俏皮的語氣對父親說：「唉呀！我覺得都不好嘛！如果一定要買的話，那就是第一種，以媽媽的名義買，然後我來租，不過房子最後仍然不是我的啊！」我只是覺得他們比我更需要房子，我還年輕，未來是個不定數。我不懂，父親何以聽完這話後忿忿然而去。

那些日子裡，都不說一句話。原本，父親就是嚴肅的。我望著茶几上母親前些天才買來的花，而今竟凋萎了，是否因為我們都太仔細的呵護？原以為在這夏末，它會綻放出另一個春天，怎料片片花瓣，竟碎在這溫室裡，碎在我的手心上。這時，父親終於開口了，他說：「我想了想，雖然我提了三個方案，但妳那天說話太令我傷心了，我不要妳最後沒有房子，要買的話就是我借妳二十萬，妳再跟銀行貸款二十五萬，除此之外，都不必談了。」父親是怎樣誤會我的？難道他以為我不再信任他、依賴他了嗎？太多的心緒想表達，多麼希望父女間能心平氣和的溝通，但為什麼我在他面前表現的卻始終是最幼稚的一面？太多的心語，已形成一股亂流，在胸臆奔竄，我不知道我究竟說了些什麼？只知道那是我最依賴的父親，在恍惚中，我竟呼喊：「為什麼你始終不了解我？我只是隨便的一句話，難道你怕我強佔你們的房子嗎？」天啊！我竟那樣地刺傷父親，我看到父親面如潮紅，然後無力地癱在椅上說：「妳不了解的，我們算對得起妳了，妳說，妳究竟想幹什麼？」我全身的神經，一時間都錯亂了位置，全身的血液奔流著，我只能說：「我怎麼不了解，從前我一直希望到孤兒院、養老院當護士，從事社會工作，我只想把你們給我的愛，普及給每一個需要的人，因為從哪裡得來的，就從哪裡去還吧！」父親為我這話感到詫異，低頭思索了一會兒，繼而開口說：「其實妳早就知道了妳的身世，對不？既然如此，為什麼妳都沒有尋根的慾望？可見妳是無情的！」我感到天地間一片混沌，什麼都沒有了，只是一顆巨大的隕石從天外落下，將我擊落無底的深淵，我已被拋出這世界之外，一片茫然中，我掩著面，走出家門。

當我獨自走在人群裡，才發覺一個人從哪裡來並不重要，重要的是他該往哪裡去？而生命也不是一味地回饋，應是精神文化的傳遞延續。這世間每天都有太多可悲可嘆、可歌可泣的事情，生離死別的故事也不停地上演，為什麼我們就不能珍惜現有的呢？我不是一直堅強樂觀的嗎？只有面對現實，並懂得利用現實去成長的人，才是勇敢且能得到幸福的。畢竟，真正的悲劇是由太多的好人串演成的。

一切似乎都已平靜，晚上回到家中，父親狀若無事的問我：「到哪裡去了？那麼晚才回來？」我攤了攤手說：「沒有啊！我只是去聽演講。」待父親進房後，母親才嚴厲地指責我：「妳說妳到底去了哪裡？我們都著急死了，爸爸到處打電話找妳，我跟他結婚十幾年，從來沒看他這麼傷心過，他說他心跳得好厲害，他怕妳想不開，剛才還吃了幾顆鎮靜劑，才稍微好一點，妳不要看他平常這麼嚴肅，其實他對妳……。」我再也無法聽下去了，頹然地跪倒在地，我摀著嘴，發現臉上既灼熱又濕冷，整顆心已被融化，強噙著淚，奔向父親面前，哽咽地說：「爸爸，我——錯了，我不該那樣說話，我知道，您——，都是為我好，我再也不違抗您的意思了，您說怎麼辦就怎麼辦！」父親只是揮了揮手，輕輕地說聲：「算了！」

我鬆軟地走進房內，就這樣，我不知道陽光是如何地升起，只是這一整夜，讓我的淚光映著星光。

我想，我該回去看父親了，搬來這裡已三個多月，我不能天天陪著父親，不知他是否仍愛縱身於重重煙圈中，餐餐必淺酌一番，每回離開家時，他總叮嚀說：「在外面要省一省，沒事就回來吃飯吧！」我望著蒼老的父親，為他添好飯，斟上酒，那是「女兒紅」。他曾經說過「女兒紅」是古時女兒一生下來，就藏在地窖裡的酒，等女兒出嫁時拿出來喝的，這時，我也為自己倒上一小杯，他卻說：「不要喝這酒，這酒很烈，會醉的，而且妳又過敏。」

我望著杯內的酒，濃濃的酒味衝上鼻尖，我對自己說：「我多麼想醉在此時此刻，可是任這酒再濃，也比不上您的恩深情濃。」

我低低淺嚐即止，然後對父親說：「我不喝，我只是陪您。」

我踏著月光離去，始終愛漫步在星辰下的夜晚，無論我如何的遊盪，總不會迷失方向……。

（中華日報）

那背影漸小漸渺

那天，我站在公司門口，凝望著，爸爸揹著沉重的黑色包包，略彎的背影漸行遠去，好想好想衝上前，多跟他說一句話，但我眼前浮現的卻是十八年前，我揹著書包又跑又跳地衝進榮總耳鼻喉科診療室內，對著那位穿白長袍、著名的蕭大夫，大叫：「爸爸，我來了！」

當公司服務台的同事告訴我爸爸來時，我匆匆下樓去，他正好彎著腰在拿那些錄影帶，我於他身後叫了他後，他緩緩轉過身來，我以一種習慣性的，仰頭之姿望著他，怎料一眼看到的卻是他頭上稀落灰白的髮，額上深深絡絡分明的皺紋，以及臉上的斑、鬢旁的雪絲、兩道泛白的眉，這……，一絲一絲，一點一點，一條一條，那麼清晰，彷彿這些紋路這些白絲，不是烙在、不是纏在他的面容，而是刺在、而是綁在我的心弦，讓我再也無所遁逃，讓我的心、我的腦在剎那間被時間的冰河凍結，我僵呆！因為我不知道，不知道不過是短短的十幾年，我英俊的爸爸怎麼變老了？我更不明白，不明白不過是在一星期前，我回家時他還精神煥發振振有詞地訓著我，怎麼這會兒他的頭上兩鬢竟又多了白絲，顯得些衰態呢？是我從不敢對他直視、從不曾清楚地看過他嗎？這無從追索的答案，令我的目光只好遞向那瘸縮在地上的黑色包包，然後把一卷一卷錄影帶裝放進去，不料爸爸卻說：「妳上樓去上班，我自己會裝。」「有二十卷，很多的，我幫你裝。」「妳不會放的啦！我自己來。」他那粗大的滿佈雞皮似的點點黑斑的手，該是持手術刀的手，撲過來搶走了我手中的錄影帶。

「爸爸，今天開學發新書……！」我不管診療室內外有多少病人，就一個勁兒地跳上診療椅，對著穿白長袍、戴眼鏡、手持鑷子的爸爸翻開我的書包，像獻寶般地一本本拿給他看，而且我才不管其他醫生、護士，或病人敢說些什麼，因為我從小就是大搖大擺穿梭榮總各地而無阻，因為「蕭大夫的女兒」就是我的通行證，就像此時他們也只會對著爸爸說：「蕭大夫，這位是您寶貝女兒啊？真可愛！」然後爸爸就會露出那對深陷的酒渦對我說：「妳放學不先回家，來這裡幹嘛？」「我今天開學發新書，老師說要買書套、鉛筆、橡皮……，還有老師說要訂牛奶！」「好啦！回家再給妳錢，現在先把書包收好，出去！」我不甘願地嘟著嘴說：「可是人家要等你一起回去呀！」結果他還是很威嚴地說：「妳到後面我辦公室等我，不准吵！」我只好頹頹無言地預備推門而出時，他正在請病人張開嘴看病，卻忽然回頭說：「知不知道是哪一間啊？」「知道啦！」我大聲回答，不回頭，衝出。

我再無法，也再不敢很正眼很仔細地瞧望爸爸，只能望著那一卷卷錄影帶，以及他帶來的那只黑色包包，當然此時周圍的同事也都各忙各的，負責借帶的工讀生只管把我要的錄影帶，拿出來放在桌上後也就不見其蹤了，可是在我內底卻有一股衝力，一種聲音撲湧竄起，要對周圍的人說，對全世界的人吶喊：他是我爸爸，我爸爸曾是榮總很有名的醫生，尤其他開的耳鼻喉手術，更是一流的，大家不僅尊敬他，也因他英俊瀟灑，溫文風趣，加上翩翩風度中展露的那對深陷酒渦，在當年不知道迷死了多少護士與女病人，而最重要的是，他跟別的醫生不一樣，他真正關心到病人的一切，從不騙病人的錢，他更不羨榮利，淡薄世間之種種，任何狀況，總也那麼地灑脫；只是，多年前他從榮總退休，家裡的診所沒開幾年又關閉後，他除了偶爾去「公保」看看門診外，就是出去打牌或在家裡看電視、聽收音機，直到最近我進了這家影視公司，從公司借連續劇影帶拿回家給他看，他才又多了項精神寄託，也往往二十多集的片子，他不到三天就看完了；原先是我三天兩頭地，從公司坐計程車捧回家給他看，一起吃完飯後再坐計程車回到我自己的住處。但是，他怕我往返太累又浪費錢，就決定自己來公司換帶子。像此時，當同事正說我們全家人都對公司的產品很忠誠，我多麼地想大聲說：他是個睿智的名醫，他不是個普通的爸爸。

常常，我放學後不先回家，揹著書包在榮總東區眷舍旁的小公園裡嬉戲，玩一玩跟小朋友吵起來時，那些呆呆的臭男生就說：「好男不跟女鬪，我要回去告訴我爸爸，叫我爸爸來罵妳！」這可讓我得意地說：「哈哈！你爸爸不是醫師，我爸爸才是醫師！」他不服氣再說：「我爸爸比較高，比較厲害！」我做個鬼臉笑著：「算了吧！那些小醫師、護士、病人通通要聽我爸爸的，我爸爸才厲害哩！」他氣得跳起來：「有什麼了不起，我爸爸會打人！」這會兒我更得意地笑說：「哈哈！告訴你，我爸爸還給蔣總統看過病喔！」「妳胡說，我爸爸比較厲害！」「亂講，我爸爸比較……！」正在此時，身穿白長袍的爸爸已在不遠處叫著我：「放學不先回家還在外面野?!」誰料我竟還理直氣壯地說：「那你為什麼下班不先回家?!」這可讓他過來揪著我的耳朵說：「妳還敢管爸爸啊？走！回家吃飯去！」我被揪著只能低斜著頭低聲地說：「好嘛好嘛！別拉我……！」沒說完他就放下手轉個身：「書包揹那麼多東西幹嘛？也不嫌重！」我抬起頭傻笑著說：「老師說的——！」「胡扯！」他說著就順手把我的書包提去了。

「這麼多捲，蠻重的，我幫你提出大門。」我對爸爸說。

「不用了，我一肩揹、一手提，很方便，一點都不重。」爸爸仍舊要自己來。

「那……，這幾捲，這些天夠不夠看？不夠的話，就先跟對面錄影帶店租，我再去付錢！」「好啦！妳別管，對面那家店我熟，妳去上班啦！」爸爸頭也不回的往前走。

這時，我突然想起，前些天回家吃晚飯後，爸爸在淡淡嚴肅中卻掩不住得意地對我說：「上午我去對面借帶子，那個老闆跟我說，我要的連續劇都回來了，現在可以租，結果我告訴他那些我都已看完，因為我女兒就在那家影片公司工作，她帶回來給我看的，連你們店前貼的那些影片海報都是我女兒做的！」這些，在我腦海剎間晃了下後，再睜大眼時，爸爸正準備步出公司大門，我趕緊追上前說：「你知不知道怎麼走出去？要怎麼坐車？」爸爸回頭揮了個手說：「我知道，不用妳管啦！」我不放心地再說：「那你坐什麼車來的？」他只略微地回頭說：「計程車啊！好了，妳別管，我知道的。」我還是不死心地跟在他身後：「這麼多捲很重的，你記得要坐計程車回去哦！有沒有帶錢？夠不夠啊？」這次他沒回頭就直說：「我有啦！我知道怎麼走，妳別管，趕快回去上班！」不知道還能說什麼的我，只好吐出一句：「我送你一程。」他卻仍在逕自往前的步履中揮手說：「快回去啦！」

我木然凝望，那穿著牛仔褲與夾克，揹著黑色沉重包包的英挺背影，在這初冬的風中，漸小漸渺漸遠漸……。

（台灣新生報副刊）

回首斜陽暮

醉漾輕舟，信流引到花深處。塵緣相誤，無計花間住。煙水茫茫，千里斜陽暮。山無數，亂紅如雨，不記來時路。

（宋・秦觀〈點絳唇〉）

從捷運站下車後，石牌往榮總的這條路，我應該很熟的，小學六年，放學時我就這樣跑跑跳跳的一路玩回家，或是看著商店的景色，或是幻想著昨晚連續劇的劇情，或是跟同學手牽手說老師壞話，直到一個個到家分手，剩我一個人走進了榮總東區醫師院舍，回到我家。

如今，離那些小手牽小手回家的日子已經三十多年了，路程依舊，人事全非。道路兩旁的商店五光十色，越來越熱鬧，人的心情卻在斜陽暮色中，更形荒涼。從前是放學回家等爸爸吃飯，如今是往榮總病房探望父親；曾經是榮總開辦時就隨著醫院成長風光的名醫，如今卻是這首屈一指偌大醫院的老弱病人。

韶光荏苒，風華流逝，記憶像螞蟻迷走在毛孔森林，輕輕嚙噬著肌膚紋理。第一次到榮總大廳時，那時還是五層樓房的中央大樓，不似如今巍然壯觀的中正樓；那年我四歲，父親穿著綠色手術衣，從古老迴廊中走出來，這是我第一次感覺到爸爸是位醫師。

如今的思源樓，樓前的小溪水流依舊，硫磺混著消毒水的味道依舊；還有左旁殘舊的三層樓福利社，在中正樓與思源樓的環伺下，像一個被城市遺忘的佝僂老人瑟縮地偎在一隅。那年我八歲，跟爸爸一起經過福利社回家的路上，我向爸爸要錢買糖吃，爸爸說：「將來爸爸的錢還不都是你們的嗎？」那時我突然覺得：「將來我有什麼可以給爸爸的呢？」

活了四十餘年，從來都是爸爸給我，從來不知道爸爸需要什麼是我可以給他的。十四歲那年，爸爸要開業，全家搬離榮總，我因為不適應新學校，成績不好，就天天鬧情緒，爸爸每天煩惱的為我請家教，甚至靠他的面子要為我換學校。那年，記得有一部電影《搭錯車》很風行，主題曲歌詞中有一句：「假如你不曾養育我，我的命運將會是什麼？」命運，向來無從由自己決定，小時候不明白，只知道我的命運是和爸爸半生的時光，綁在一起的。

爸爸已經老了，老得記不得退休已經三十多年了，但無論如何，這裡，有我成長的歲月，痕跡在心底，景物斑駁，人事已非，殘留的記憶像地上的塵絮，飄飛消磨在時間之流裡。

珍珠淚

一、因為我有哭

有一次，我幫她寫關於她學生生涯的文章，問道：

「你最難忘的一件事是什麼？」

「你們那一屆畢業典禮……。」

「那是我的學生生涯，不是妳的學生生涯，妳記那麼清楚幹嘛？」

「因為我有哭啊！可見妳都忘記了！妳們這些人都是沒感情、沒良心的……」

我不知道在我畢業後的這些年來，是不是每一屆、每一年的畢業典禮她都要淚眼相送？隨著歷經勁暑酷寒春去冬來，在這麼多年與學校融為一體的風風雨雨中，也許她早已築堤而不再會有人看到淚河潰決，也許她只能暗自氾濫。但至少我知道，在我唸書的三年裡，甚至在她已把人生十八年的黃金歲月給予她的學生，她所流的淚絕不止一次，而且所流出的，不僅僅是淚。

二、想家想哭了

十八年前，當一百一十位十五、六歲的小女生在父母的陪伴下，揹著行李住進學校的時候，才發現原來我們的學校還在一片泥濘地中，許多家長開車送孩子進學校第二天車子就要進廠大修了。而我們上一屆的學姊比我們大六歲，所以全校只有一年級的一百一十位學生及一位神父校長、加上兩男兩女的專任老師。

剛開始時，學校連個舍監都沒有，於是兩班的女導師就得輪流當舍監，那年楊老師二十七歲，就這樣在許多個只見群星眨眼的深夜裡，常常看到的是一個二十七歲的小女人帶著一百多個十五、六歲的小女生，在這前不著店後不著村，獨立於荒郊野外的校舍裡默默耕耘著未來。說好聽一點，我們真是來此過著鐘鼎山林、修心養性陶淵明式的讀書隱居生活，說得難聽一點，其實跟綠島的大哥也差不多，只不過我們是自願的。

順著夜的脈動搜索，第一次在星空下呼吸到自由的空氣時，是在開學沒多久的一天晚上，楊老師帶我們租了輛公車到民眾服務社聽演講，其實對我們而言重要的不是聽演講，而是可以走出學校，雖然自由的氣息僅僅只是從車窗外飄進來，已使我們雀躍如出了籠的小鳥，只是車行途中，看到近在咫尺外的「家」，以及從街道兩旁的窗戶所溢露出來的各色燈光，不免也有幾許感傷。

所有的同學都一樣，都是第一次離家，第一次住在這晚上有蚊子咬、青蛙叫的學校裡。常常，我們想家，沒有勇氣在學校待下去的時候，就到她房間裡哭成一團，當時我們只知道我們的苦，卻不知道她也有家，她也有失去勇氣的時候，但她卻不能哭。

三、沒有水只有淚

在九月還揮之不去的暑熱裡，學校卻經常沒水，上課上一半救火車來了，楊老師趕緊叫我們回宿舍拿臉盆接水，於是一天洗臉、刷牙、洗手、洗澡，可能就靠那盆水了！有時候好不容易等水來了，學生跑去叫老師洗澡，老師叫學生先洗，就這樣推來推去，也折磨掉了不少時光。

當年我們的學費一學期也要個兩、三萬，學生中也不乏家中有錢或老爸當醫師的，既然絕非迫不得已，這個學校又這麼破，為什麼我們要唸護校？又為什麼一定要住校呢？

高一的年底吧！因為對護理沒有興趣，我想跟其他同學一起休學，就在跟老爸吵著要重考吵得最嚴重的第二天，不料楊老師卻突然問我：

「妳是不是也想要休學？」

「我沒有跟妳講啊——！難道妳昨天晚上作夢夢到的嗎？」我一時為之語塞而愣了一下說。

「對呀！妳怎麼知道我作夢夢到的？」不料她也很訝異地說。

「妳沒事把我叫到妳夢裡幹嘛？」

「好了，好了，沒有要休學就好，我正在忙，趕快去唸書。」

之後一直到畢業，我沒有辦法在她面前開口提「休學」這兩個字。

所以事實是，當然有很多人無法忍受這破學校，沒有信心而離開了，但也有更多人留下，原因不盡相同，可是有一點比較確定的是，如果我們離開了，我們的高中時光只是平凡的求學過程，但我們留下，所以我們擁有比一般人更難忘的高中時光，因為不會有其他學校師生之間像我們這樣，沒有的只是水，只是物質的匱乏，充滿的卻有笑、有淚、有一點亂、有許多不捨。

我們原本也都是父母的心肝寶貝、掌上明珠，在家裡過著茶來伸手、飯來張口的日子，如果我們沒有住校，我們所學得的可能只是知識與技術，可能連自己都照顧不好，一個十幾歲的小女生，將來又怎麼能照顧病人呢？因為我們過著住校的團體生活，我們重新認知了人與人之間的互動關係，我們藉著生活中不斷地細微摩擦，藉著彼此恆久的關懷與體恤，學習成長中的愛與忍耐，所以我們對病人會有更多的同理心，使自己非但不致成為一部護理機器，且更得以將護理專業發揮成一種生命哲學，一種人生藝術。

四、記憶切片

在這個學校裡，如果沒水、沒電是很正常的事，就更遑論其他的一切教學與生活資源了。東西發了黴擦了擦就可以用，教材用具是自己拼裝的，用品是楊老師憑從前的關係「凹」來的。反正我們跟學校要求的東西永遠要不到，但是明天一定會過得比今天好，該有的東西，楊老師一定會為我們爭取得到。

我們不僅要面對外界不斷質疑的眼光，更有著內部紛亂的波濤，經常楊老師藉著課堂教訓我們，逼著我們好好唸書時，說著說著就掉下淚了，然後不明究裡的我們也跟著哭成一團，我們哭，因為我們怕分離，怕她跟其他幹沒幾個月的老師一樣丟下我們不管。至於她的每一次眼淚，每一次吞淚強作嚴肅狀，我們從不清楚，因為一直以來她都是自己承擔，直到後來我才逐漸搜尋到一兩件軌跡，包括她為了在學校幫忙搬東西受到嚴重內傷，包括那時學校沒有任何資源，是她一個個去拜託人求來的。

在學校一波又一波澎湃洶湧的亂象中，我們仍然歷經小考、月考、期考，不管學校怎麼變，考期永遠不會變，成績也永遠沒變好，因為楊老師堅持用大專的程度來教我們，不好好唸書的絕難投機取巧猜到考題，因為她可以經常整夜不睡、致力於「發明」考題，把我們個個考到焦頭爛額方休，這樣直到我們畢業參加會考，才發現我們雖然什麼都比別人差，但是能力比人強。

剛進學校時，學生上沒幾天課休學不稀奇，後來一堆老師教沒幾個月辭職也不稀奇，倒在這三年裡校長換了不少人，老神父校長退休後換了個修女校長，修女校長管了個一學期又換個神父校長，神父校長不到一年又走了，然後正值我們將畢業時，學校沒有校長管，楊老師也可能因家庭關係被迫出國，我們驚慌擔憂地問她：「楊老師，妳會不會也丟下我們不管而離開？」她沒有回答，卻暗自拭淚。當時我們盼望她的回答是「不會」，但如今我卻多麼地盼望她當初所選擇的回答是「會」。假使時間可以倒流，我肯定我不會陪她一同流淚，因為我更願意升起一把火，把她一滴一滴的淚慢慢烘乾，這樣那一滴滴淚就不會凝結成一顆顆珍珠，一顆顆珍珠也不會串成一條條鎖鍊，將她永永遠遠地鎖在學校！

五、一顆天使心

如果我們真的有一顆天使心，如果我們可以多一點付出，少一點要求；多一點感謝，少一點埋怨；多一點體恤，少一點批評；多一點積極與建設，少一點憤怒與破壞；那麼我們的人生才有可能創造出奇妙的愛的音符，否則我們只會自陷於自我慾望無盡的深淵中而無可自拔；就如聖經所言，我們不能只想拔除別人眼中的刺，卻不知道自己眼中還有樑木。

愛的最大能力，在於愛的捨棄，誰能夠為了一份真理，一份執著，一份永恆的大愛基業，捨棄一般人所追求、所享有的幸福，誰就能夠擁有愛的榮耀；誰的苦受得最深，誰才擁有無盡的豐富可以給人。

我所認識的楊老師、楊校長，不管她的行事作風如何，也不管她有一千個錯還是一萬個缺點，但是她卻在學校最艱難的生死交關中，把別人不願意擔負的擔子承擔下來，別人所無法堅持的理念她堅持做到了！畢竟，在這十八年中，並沒有一個人能夠像她一樣，放棄了所有的青春與歡樂，放棄了做妻子、做母親，放棄了一切可以自私一點點的機會，只為了執著教育的理念。

（康寧雜誌）

走在高速公路上的女子

一號國道南下路段，再十五公里出頭份交流道，臨近三號國道，車流停停走走，彷彿男女間玩著若即若離的遊戲，而她，一名站在路肩的女子，望著熙來攘往或慢或快的車陣，行過的每一款車型都很熟悉，而車內的面孔都很陌生。

十五分鐘前，她的吉普車行經此路段，走內線道的車速從一百突然減緩，車內的空氣凝滯，流行歌曲開到近乎極致，男人緊抿著雙唇，女子偎在車門邊，食指偷偷按開安全帶，就在與前車距離不到一公尺時，男人倏地採下煞車，隨即伸出右手擋住女子前傾的胸，兩人坐正後，女子迅速扳開車門跳出，用力推上車門時丟下一句話：「你可以選擇你要的，我可以選擇離開！」

女子推上車門前一秒，男人已呆呆地鬆開煞車，待車門碰地合緊那一刻，男人即踩下油門，隨著車陣加速前進，女子在分向道上往後走，不出五秒，再回首時不見吉普車影；女子停下腳步，掏出煙盒與打火機，點起一根煙站在分向道上，隨著嬝嬝升散的煙絮，她終於想明白了一個道理，就是她站在這高速公路的分向道上目的有：一、從來沒有過從這樣角度靜靜觀賞高速公路風景的經驗，二、順便研究一下關於高速公路塞車的問題，三、瀏覽行過的各款車型以作為下次買車的參考；至於男人的問題，就像很多行駛過的車輛是由男人駕駛，而也有很多男人自認是一流的駕駛，不過都像一輛輛或急或慢駛過的車子，彼此沒有時間認識對方。

女子踩熄第三根煙時已站在分向道上十五分鐘了，這時有一輛卡車駛近，車上是一位嚼著檳榔，外表有點滿腦腸肥的男人向她打招呼喊著：「啥咪代誌啊？」然後將車開向路肩停住，女子除了感到莫名其妙地好奇外，最主要是腳有點痠了，乃隔著陸續前進的車輛向那肥胖男人招手回應，但不一會兒又雙手一攤，因為不到四十公里的車速，車子一輛緊跟一輛，隱約仍聽見那肥胖男人喊著：「把手舉起來就過來了啦！」女子終於伸開手掌舉起，快跑至路肩；這一刻，女子又感到很得意，因為發現在高速公路上過馬路，其實跟忠孝東路沒什麼差別的。然後當她看清楚那肥胖男人的樣子後，她確信自己跟他不會有任何事件發生。果然，那男人聽完女子說明原因後，撂下了話：「神經！我現在打電話給警察，我要是載妳啊！會被誤會的啦！」接著吐下一口血紅的檳榔汁後，快踩油門而去。

向前走十五步，停腳，向後轉，再走十五步，女子就在路肩邊一塊因施工而圍出的十五步大小面積的土地，來回踱步，同時也把腳上的涼鞋也脫了。這樣走著，她從來沒有感覺到自己的腳與土地間是可以如此的融合，也終於明白了一個道理：地，原是為著人而設，而腳的功能，在於親吻地。從來沒有一刻，讓她感到人與土地的關係，竟是如此親暱，如此密不可分。所以，實在不是她隨便在高速公路上行走就一定是錯誤的，而是文明社會建造了一條條可以停車、下車的高速公路，不但阻礙了腳的功能，更隔絕了人與土地的關係；那麼既然高速公路都可以停車、下車了，當然可以光著腳撫摸土地囉！

她就這樣想著，這樣笑著，直到又十五分鐘後，她看到自己的吉普車從眼前呼嘯而過，卻沒有機會像攔計程車一樣的攔下，唯一想到有點不爽的是，吉普車上的行車執照是她的，還有男人褲子口袋的皮包是她的。

又過了十五分鐘，一輛響著嗚咿嗚咿的公路警察車駛近，在她身旁停下，車內坐著兩位非常年輕的警察，一位拿著筆問：「叫什麼名字啊？」

駕駛的那位則十分不耐煩的說：「喜歡站著就繼續站在那兒嘛！如果每個人都這樣，那我們每天不是被妳這種瘋子給忙死了！」女子半倚在窗口，遞出有點美麗的微笑說：「為了減輕你們的麻煩，我必須現在坐上車。其實想一想，如果沒有我，你們每天最刺激的事就是為官員開道，換點新鮮的也好嘛！謝謝囉！」然後，女子上了車，除了報告姓名與身分證字號外，與「條伯伯」沒有任何交談，因為她要靜靜地享受，享受第一次也或許是最後一次，可以如此舒適地坐在ＢＭＷ車上，在時速一百的快感裡，正大光明大搖大擺地行過路肩。

一下頭份交流道，「條伯伯」隨即把女子擱在路肩。女子過了馬路到一家「阿美檳榔」店前，向僅遮三點的檳榔阿美小姐借了電話打給男人後，就在檳榔店門口來回踱步，手伸進口袋裡掏出煙盒，卻發現煙盒已空，只好向前跟檳榔阿美說：「小姐，我可不可以先跟你借一包煙，等我先生來後再給你錢？」那年齡約十七、八歲，染著金髮的檳榔阿美，瞟出懷疑的眼神說：「哦！這……，等你先生來再買好了。」女子只好低頭默默走出檳榔店。她想著，自己真是又一次證明，人與人之間無論如何獻上關懷的眼神，都很難換得一點點的信任，因為信任、關懷、誠懇，是如此地抽象，只有鈔票，才是真實。

十五分鐘後，女子看到自己的吉普車，開門上車後，立刻打斷正想開口的男人，搶聲道：「我明白了三件事，第一，以後車交給我；第二，我自己的錢包自己保管；第三，再也沒有比走在高速公路上這段時間內更快樂的事了。」女子抓著頭大笑，男人傻著臉紅著眼。

（自由時報）

生命四部曲

生

凌晨一點，醫師趴在書桌上，在時空的交錯裡迴旋。一隻螞蟻順著桌沿，攀上他的手臂，沿著臂上濃密的體毛左迴右拐，在不規則的肌理紋路上，爬到頸間，勉強地附上耳屏，正欲進入另一境界時，一聲抖然坐起，用拇指與食指輕輕地將螞蟻掐起。

「說，你需要我。」醫師用拇指與食指捻熄了檯燈，昏暗的夜色裡，千萬隻螞蟻從髮根竄進大腦，在神經的推動下，衝入胸口時，他緊貼著柔軟且凹凸有致的身形，兩條形體彎轉扭曲，成一條緊密的麻花，螞蟻甜蜜地侵噬，細小的孔用力咀嚼那香熱的麻花，千萬隻螞蟻也順著澎湃的血液，齊聚漲滿他的下腹，繼續向下湧流，以萬馬奔騰之勢，進入另一境界，在昏暗中，他說：「我終於與妳相會。」

醫師將螞蟻重新放到桌上，兩顆瞳孔凝聚成一道光芒，在光芒的閃動中，螞蟻緩緩爬上翻開的書頁，以驕傲的姿態，踐踏一筆一劃，然後瀟灑地轉圈，在字裡行間跳舞。醫師的雙眉緊蹙，順手拿起鋼筆，用筆尖挑逗著螞蟻，將它翻過來，弄個六腳朝天，螞蟻又自動翻了回去，他再度用筆尖壓住螞蟻的腹部，卻從黑暗裡傳來一聲吶喊，向他襲擊，以僅餘的氣力掙扎舞動，醫師微微一瞟眼，順著桌沿，一群螞蟻成群結隊地前進著，一條長長的隊伍，連結成一把命運的劍，在他面前橫擺，醫師猛地站起，顫抖的手摔落了鋼筆。

破曉的時候，一隻隻螞蟻排成一個「人」字，隨著醫師換上工作服，戴上冰冷的手套，走進充滿腥味的房間。

婦人平躺在床上，雙腳弓的敞開，汗水如雨般落下，混雜著最原始的吶喊，向晨曦微明處伸展。「對，就是這樣，再用點力。」醫師的雙手在世界隆起的頂端扭轉推動，終於在出口處伸出雙手，經過漫長的等待，接住毛髮茸茸的地球，再一彎轉，原是一個人形順道滑出。

吶喊戛然而止，醫師以一手拖住世界的頂柱，在強烈的生命律動下，才發現那過去的自己，當他用另一手輕扳柔嫩的小臂時，換來一聲「哇——」劃破時空，衝向陽光。

老

年輕的雕刻家用身體裡多餘的鐵質，鑄成一把銳利的雕刻刀，向未來的時空揮舞，僅僅為了雕出世界的完美，必須站在生命的舞台上，當著千萬觀眾的面，在期盼的眼光下，緊握著雕刻刀，脈律強烈的跳動，熱血一陣陣翻滾，卻仍然雕不出世界的形狀，他佇立於舞台上，時鐘滴答的走著，所有的空間只是寧謐，終於在眾人茫然的癡哭中，畫下了第一刀，在眉角。

他手持這雕刻刀，站在生命的舞台上，只剩下寥寥數位觀眾，身體裡不再有多餘的鐵質，在時空的磨練下，雕刻刀已不再尖銳，且逐漸地變形，而他仍然揮舞著，即使雕不出完美，血液也在昏暗的舞台上，流向每一個角落，脈律在世界的攪動下，緩緩跳動，一如謹慎的鐘點滴答的響著，他仰起頭，以微弱的餘光照向自己，才發現皮與肉已漸漸地鬆軟，遂舉起雕刻刀，指向自己，從皮與肉間，刺向生命的最深處，從額間到腳底，整個形體皺擠成一堆，在幾隻眼睛的閃爍中，在時光的流動裡，一次又一次，一刀又一刀，刻下一道一道的——痕跡。

當所有的觀眾都已遠離，只剩下煢煢孤影伴他於蒼茫的舞台上，身體裡再也榨不出一絲鐵質，雕刻刀變得粗鈍且佈滿鏽黃，他卻依然緊握著，向過去的時空揮舞，明知道所有的完美都已散落，世界的舞台已然變形，只要最後一次機會，用鏽黃的雕刻刀，畫向宇宙的深處，因鮮血結合微弱的心跳，發出低沉的吶喊，雖然沒有任何回音。當他用生命的餘光看顧自己時，驚怵地發現自己已隨舞台的變形而萎縮。他再也無法按捺，手持雕刻刀，從皮與肉間，狠狠地刻下，不再做任何修補，只是掏出神經，挖出心臟，把變形的舞台與散落的自己，鎔鑄成另一種完美，拋向世界的盡頭。

病

二十歲的她，臉上應該是紅嫩而充滿朝氣的，但也許為了配合白色的床單，白色的牆壁，和進進出出白色的制服，她沒有任何色彩可以抵抗，只有慘白的臉，鬆軟的肌膚，肌膚下的血管，緊緊包裹著針頭，一滴滴藥水從點滴瓶裡注進血管，偶而感覺一點痛，因為時間如點滴般滴下，但又溜走了，她沒有選擇的餘地，不能過於翻動，只能望著從樹梢斜射進窗口的那道陽光，光影中千萬個微粒子在舞動，彷彿青春在向她招手。

小時候，她曾經嚮往白色，那麼純潔、不染塵俗，飄飄然於天地間，後來，發現這世界不只有單一的色彩，於是晃動的霓虹燈影，替代了純白，黑夜替代了白晝，熱門音樂可以充滿寧謐，原來，人的心不只一顆，心臟是可以四分五裂的，所謂的真理，不過是地層底下的岩漿，她不需要去挖掘，只要在五光十色的黑夜裡，跳動的節奏中，閃動的光影間，找尋另一種刺激與滿足；她流連於西門町、電動玩具店、舞廳……，只為剪碎了青春，拼湊成快樂；或是靠在男性厚實強壯的臂上，以時速一百五十的速度奔馳，奔向這世界的邊緣。

只是現在，她又回到白色的世界，白色的房內，即使濃厚的藥味吞噬了大部分的養分，她也必須吸進藥味，呼出張牙舞爪的細菌。她的眼中只有白色，連昨日才插的紅玫瑰，也變得枯黃了。這裡沒有任何快速的音調，只能聽著樹葉，樹葉落下的聲音，風起時，揚起了滿天的塵埃，她盼望陽光進來，風進來，甚至於那一點點塵埃，也多麼希望看到微笑而充滿生氣的臉，多麼希望聲帶能有一點點摩擦，但拼了全力只湊出一個音——ㄊㄨㄥˋ，那穿著白制服的女人丟下一句：「出了車禍當然痛啊！」然後冷冷的走了，她終於知道，原來天使的臉孔都是一成不變的，就望著窗外吧！那一道陽光。

死

年輕的騎士以一百八十的速度，即使柏油路上佈滿了斑駁的青苔，他也要衝向這世界的盡頭，引擎裡發出強烈震撼的聲音，那是屬於另一個世界的快樂節奏，一群蒼蠅以超然愉悅的心情，在他頭上跳舞，他毫無所覺的奔馳，以為可以從這個世界中逃離，就連陽光也想逃離，從世界的盡頭往下沉，他的身體開始變輕，隨著逐漸變重的摩托車，一直往下沉，往下沉，在黑暗的地底，沒有終站……。

騎士的父親躺在白色的房子裡，口鼻罩著氧氣罩，全身插滿了管子，他沒有動彈的餘力，只能用一條條皺紋，編織出過去的色彩，但眼前的一片白茫茫，掩蓋了所有的色彩；他的耳朵也在變形，聽不到這個世界的聲音，只有用微弱的呼吸，緊緊抓住那一絲光線，即使轉瞬成為過去。而對於未來，那個沒有旅人回來的世界，起初他無法相信，他否認、疑惑，但抵不過那一遍遍的召喚，終究是必須走一遭的，也許那裡有溫暖的陽光，也許是陰冷的黑暗，而無數隻無形的手，正繼續向他推逼，推逼向無法確知的世界，他只有無奈的接受，無法動彈的接受。看到過去的親人在向他招手、微笑，但他的神經與表皮卻湊不出任何變化，且逐漸地鬆軟，整個身體開始變輕，慢慢地飄離——飄離。

騎士仍然拼命奔馳，奔向黑暗的地底，除了一片闃暗，沒有任何人的形狀，除了強烈震撼的引擎聲，沒有任何人的聲音。他加快了馬力，終於看到一個人形，那是父親，在那片闃暗中飄離，分裂，一群蒼蠅正虎視眈眈的欲侵噬父親，而父親蒼白的唇使命地掀動，只為了拼出那兩個字——孩子。騎士的表皮與神經僵直在那一刻，車輪不再做任何轉動，他用烏黑的雙手遮住黑色的瞳孔，向黑暗發出最終的吶喊，眼神從闃暗中轉離，生命氣力不再往下丟，終於跳下車子，向前狂奔，追逐欲降的夕陽，在光芒欲褪的那一剎那，他跑到床邊，父親身上的管子都已撤離，他只能用顫抖的手，輕撫父親臉上的皺紋，那鬆垮的表皮於是起了一點點變化，父親已在另一個世界微笑。

（中央日報）

愛的名言

愛是什麼？自有人類，自人類有生活、文化、知識等一切活動開始，即對於這個問題探究不休。換言之，可以說每個人生存於世，終其一生都在尋求愛的滿足，學習愛的課題，更無法擺脫於愛的困惑；無論是付出愛或獲得愛，無論是愛的本質與愛的行動，無論是親子愛、手足愛、朋友愛、情人愛、夫妻愛、世界愛、生命愛、神人之愛……等等，人在種種愛的包圍中，生活於這必須懂得愛的世界裡。

既然愛是生活的動力，是一切事情的起源，那麼你要如何認識愛，學習愛呢？許多近代世界名人對於愛，又有什麼樣的詮釋呢？

一、愛，需要珍惜！

二十世紀初在苦難的中東出生的偉大詩人卡里・紀伯侖，在其暢銷全世界的名著《先知》中，對於愛有如下的說法——

從來，愛都不知它自己的深度，
非等到別離的時候。

——紀伯侖

人，難道非要等到失去之後，才懂得珍惜，才知道要如何去愛嗎？從來，當真正的愛在身邊時，我們總是忽略，總是擱置一旁，總是無法好好面對，細心呵護，直到有一天，當所愛已然翩翩而去，當你想要好好愛卻不能愛時，才知你所失去的，竟是你全部的所有；才知愛原來是你腳下的金山，任你糟蹋；是你背後的利刃，可以刺得你好深好深。

晚唐唯情派詩人李商隱的千古名句「此情可待成追憶，只是當時已惘然」中，更是深刻描繪出追悔失去之愛的情景，這此情此景你覺得美嗎？因為說到了你我心中的通病，因為當愛來時，我們總是倉惶失措，非等到自己把腳下的沃土踩成一片爛泥後，才想要從那一堆堆爛泥中建構美麗的城堡，可是，一切都已經來不及了，一切都是「當時已惘然」。所以，追憶會那樣的美，在於我們總要痛過，才知道情有多重；總要失去之後，才知道愛有多深！然而，我們對於愛的認知難道永遠只能是這美麗的憑弔嗎？當然不，無論是紀伯侖或是李商隱，或所有深知愛的古今名人，都在告訴我們一個重點，那就是，愛，要及時。

愛，要及時。愛，更要珍惜。不僅是在情人之間，更是在於我們身邊所愛的一切人事物之中，無論是對父母、孩子、朋友、手足，甚至家國，都是亦然。古諺有云：「樹欲靜而風不止，子欲養而親不待。」不也是這種情景嗎？當我們身在其中時，總無法看清愛有多深，有多寶貴，非等到離去，非等到置身其外，等到被愛拋於其後，才能在時間的沉澱中，發現愛的真相。想想，當愛在身邊時，我們總是不滿足，總是有太多埋怨，總是汲汲於追尋那真正之愛以外的事物；想想，我們又花了多少時間，多少真心，在我們所愛的父母、情人、手足、朋友身上呢？除非你不曾愛過，除非那不是愛，否則你不會在離別之後，才感到刻骨銘心；在失去之後，才痛到無法追悔。

愛，不是鈔票，不能存在銀行裡生利息。愛，真正的愛，一如陽光、空氣、水，如我們日常的飲食，很平凡很普通，普通到總是被擱置，被忽略，但又是那麼地不可缺少，那麼地重要。那麼，就請你在享有它的時候，珍惜它、面對它。

二、責任源於愛

曾獲諾貝爾文學獎的法國存在主義大師卡繆，其名著《異鄉人》不僅震驚了全世界，而且對於人類良知的啟迪，生命存在的意義，影響後世相當深遠。當然，對於愛他更是在其著作中，表現了相當多的看法，而其中有一句是：

> 我只承認一種責任，
> 除此無他，那就是愛。
>
> ——卡繆

人生在世，有許許多多的責任，而我們也耗費了許多時間，許多心力，在這許多責任之中。但是，如果這所有的責任之中都沒有愛，都不是以愛為起源，以愛為動力，那麼所做一切均是惘然，那麼你只是一具事務的機器，而機器是可以被抽換，被替代的。除非你有愛，除非你所做一切是因著愛，是基於愛的，否則所有的責任都沒有任何的價值。

如果世界像大海，人是海中的生物，那麼愛，就是在那靈魂之岸流動的海水，並於流動的過程中，你可以獲得一種享受，一種滿足，一種全然釋放，一種生命由裡而外的被成全。所以，如果你所行所事沒有愛，一如魚失去了海水，那麼你再做任何事都無益，也不可能有能力去做任何事了。

如果，在你工作環境的人與人之間，沒有關懷與照顧，沒有彼此的尊重與了解，沒有一份真誠的情感交流，只是在私利中爭鬥，在個人主義的膨脹中相互傷害，像機器的零件一樣的冷漠，那麼這樣的工作環境你能夠待多久？如果，你所做的工作，只是為了滿足衣食的溫飽，滿足物質的享受，而在這份工作上，你只像一個周而復始規律運轉的機器，沒有喜悅，沒有讚嘆，沒有期許，沒有起伏之間的心靈悸動，那麼你與覓食的禽獸何異？這樣的工作你又真的能做多久？人之異於禽獸者，乃在於人有愛，人懂得追求愛，人的一切是基於愛啊！

愛，是一種責任；責任，必須是源於愛的。但是，我們必須明白，所謂責任的意義並非指著一種任務，不是從外面加給一個人的負擔，不是你要去扛什麼事情，揹負什麼人的重擔；而是從生命裡面自然生成的，必須是因為愛，所以我有責任；也就是說，責任是一種自動自發的行為，是在愛的基礎與愛的動力下，對另一個人，對另一件人事物，其所表現出來的行為期盼，以及未表現出來的內在需要，都給予一份妥切的愛的回應。所以，「有責任」的意思在於了解自己並願意了解對方，有一份出於性靈中的自然意願，也有足夠的能力，並且在心理與行為方式上都準備好，可以回應對方的需要，可以促進彼此的交流，成為一種生活上的滿足與喜樂。這樣的責任，以母親對嬰孩來講，在於其成長中對身心的關懷與照顧；以成人之間來講，無論是友情、愛情，或一切的相互對待之情，在於滿足對方心理上的需要，以至於彼此滿足於愛的豐盈；再以人對事務的職份上，必須是基於在執行的過程與結果中，藉著適當的能力發展，滿足自己與他人對愛的需要，成為一種愛的建造，所以在這樣的過程中所表現出來的感覺，其所行所事，不是過與不及，沒有指責與怨懟，而是一種平和與平衡，否則所謂的責任將成為一種冠冕堂皇的托詞，失去了愛的完整性以及愛的本質之美好性，而成為一種攙雜了太多慾念的行為。

我們常常可以看見，外遇問題之發生、家庭之破碎，往往在於一對戀人結婚後，面對著生活中的柴米油鹽醬醋茶，便把所有責任焦點集中在經濟的負擔與物質的享受上面，男人認為家庭的責任是賺錢，女人除了幫忙賺錢或發展自己的事業外，就是忙著家庭內的工作，於是夫妻間的相處，成為一種機械性的作業，彼此頂多只有在生活習慣上的了解，而沒有心靈上的共鳴，不曾用心，不曾好好傾聽對方心靈的樂章，於是心愈鎖愈緊，夫妻之路也就漸行漸遠了。丈夫看妻子與菲傭無異，妻子看丈夫像滿腦肥腸的上司，彼此沒有心靈上的相互扶持，家成為旅店，夫妻像在旅店中偶然相遇的過客，那麼當然就會有一方先開始尋求外在的、外面世界的慰藉，於是家庭就不免要面臨破碎了。

我們需要明白，我愛你，所以我對你有責任，而我對你的責任，不是我為你做了很多事，不是僅僅在於我為你燒飯、洗衣、拖地，我為你勞苦，我為你賺錢，這些是生活，不是愛的重點，重點在於我傾聽你的心語，我了解你心理的需要，知道你的軟弱，明白你生命的內涵，當你內心孤獨的時候，當你感到全世界都離棄你的時候，我在你的身邊，我在你心裡一個最重要的角落中，等待你生命的回眸，等待你相同的愛的回應，這是我對你的愛，我對你的責任，是任何人無法替代的。

所以，沒有愛，就沒有責任；沒有愛，責任只成為一種藉口，一種慾求。愛，不是一種負擔，不是一份無奈；愛，是在生命全然之中的接納與融合；愛，需要灌溉；愛，如萬物生命之自然生長。

三、愛與情慾之別

被譽為「英國最偉大的戲劇詩人」莎士比亞，其名著廣傳至今，最為膾炙人口的情愛之作莫過於《羅密歐與茱麗葉》。不過，在他另一劇作《維諾斯與阿都尼斯》中，則對於愛與情慾之別，有著如下的看法：

愛沒有吃過量的情形，
而情慾卻會因過於貪吃而死亡。
愛洋溢著真情，
而情慾卻充滿了非禮的虛妄。

——莎士比亞

現代社會有一種現象，大家開口閉口都是愛，結果反而愛變得愈來愈不詳和了。於是我們翻開報紙社會新聞，幾乎每天都會發現有一大堆的情殺案件，變成我得不到你，就要毀滅你，順便也毀滅了自己，結果還要用愛得太深來作藉口，但這是愛嗎？恐怕連愛之門都還沒進入哩！所以，現代人往往是實際上拿愛做情慾的擋箭牌，卻根本連「愛」的邊都還沒摸著，使得「愛」，真是受了極大的冤枉呀！

常常，我們掛在口邊的愛，就像是小孩子跟父母要玩具，要不到就大吵大鬧，一吵鬧就把所有的玩具都砸得稀爛，所以愛至終會成為彼此的傷害，並不是愛的本身有問題，乃在於一開始就不懂得愛，就不是基於愛，而是把愛當成小孩子想要擁有的玩具，想要享受的玩樂，一旦玩具沒有了，遊戲終止了，孩子會哭鬧一陣，除非找到了另一個玩具，開始投入了另一場遊戲，於是小孩子好像平靜了，好像恢復正常了，其實只是另一場遊戲的填補而已，這也就是現代人空虛的愛情觀。在這其中，除非孩子藉著遊戲的過程學得一種珍惜，一種豁達，一種責任，一種尊重，一種關懷、照顧與付出，否則有的只是慾望，只有玩樂的享受，而沒有愛。所以，經常我們所談到、所接觸到的愛，其實是包裹著愛的糖衣，裡面卻是塞滿了情慾的毒藥，在真相不明，在自欺欺人的混沌愚昧之中，很容易就一同毒發身亡了。

如果你懂得愛，懂得愛一個人，就不會把痛苦加諸在他身上，也不會傷害自己；如果是愛，就不會有彼此的傷害。當你怒言相向，當你兵戎相見時，那已經不是愛，而是慾的暴漲了！因為，你豈能相信，拿把刀刺向你的人對你所說的愛呢？你又豈能接受，像龍捲風一樣要將你侵襲、摧殘以至於毀滅的，會是愛呢？同樣地，當你真的愛一個人時，你也不會如此做。

同時，愛不是物品，不能禮讓、不能贈予，更不可能爭奪而來的。如果你想要對付情敵，想要贏得愛，那麼你已經墮入了一個輸贏的私慾裡，想要滿足的只是你無法遏制的情慾，是你人格欠缺的一種勝利感，一種自我的肯定，一種虛榮、驕傲、面子，而失去了愛本質中的一種自持，一份甘甜，一股源於生命的自然流露。所以，愛絕不是戰利品，當你想戰之時，就無法享有愛的本質所帶來的愉悅，以及任何屬於愛的附加價值，如和平、仁慈、親密等等；因為在你征戰的過程中，愛，也已經被砍得遍體鱗傷了。

愛，是你日用的飲水，像煮沸過的白開水一般純淨，是你生命組成並維持生命的必須元素，只要你的腎功能正常，白開水飲用多了，是有助於體內雜質與毒素之排除的；可是情慾就不然，情慾像孩子喜歡的糖水，像我們喜歡隨手取用的垃圾飲料，飲用多了，不但會發胖，更會影響健康。

愛，像源源不斷的泉水，使你永不致乾渴；而情慾，像是波濤萬頃，浪花飛濺的大海，你驚嘆它的美麗與壯闊，但是當你奮不顧身往下跳時，可能會淹死。所以，當你感受到愛的呼喚時，先要問問你的內心深處，是永不枯竭的泉源呢？還是變幻莫測的大海？

四、愛是無限的包容

十八世紀德國哲學家叔本華，其學說深獲十九世紀許多大思想家、大文學家如尼采、托爾斯泰、托瑪斯曼等人之共鳴，而在他的著作《愛與生的苦惱》中，有這樣一段話：

你是否有罪？
我不想去探尋、也毫無所覺。
不管你是什麼樣的人，
我只知道：愛你。

——叔本華

這樣的一段話，幾乎說到了每一對熱戀男女的心坎裡。的確，如西諺有云：「愛神是盲目的。」中國人也常謂：「情人眼裡出西施。」都是述說這樣的情景。因為，當愛的火燄一旦燃燒起來的時候，在你的眼前所瀰漫的，只有那熊熊的愛火，其他的事物在愛火之下，不是被燒滅，就是根本看不到了。

愛的火種，本身即具有一種奇妙的力量，而愛的火燄一旦燃燒，沸騰的熱度與狂亂的迷煙，更是令人窒息，令人無懼生死！所以，我們常常看見，也常常會疑惑，為什麼鶴髮可以配童顏？為什麼美女會愛上傻男？又為什麼理智的男人，會和嘮叨的女人結合？其實這一切的一切，都在於你一旦陷入情網，一旦情種在彼此的心田燃燒，即使你明知對方有千萬個缺點，有難以忍受的性格，有多麼差勁的條件，多麼不堪的過去，甚至就算這些會給你帶來痛苦與不幸，你都不會在乎，不管對方是什麼樣的人，只要是在愛神的面前，萬事萬物都當俯首稱臣。

愛，就是這樣，可以情到深處無怨尤，可以直教人生死相許。可是又為什麼，有人說結婚是戀愛的墳墓，有人說相愛容易、相處難，又有人說因誤會而結合，因了解而分開，似乎王子與公主總是無法過著幸福快樂的日子，莫非愛火已熄？莫非愛的火燄就真的只燃燒在一瞬間嗎？

其實，問題不在於愛的本身，愛火是沒有罪的；結合不是因為誤會，分手也不是因為彼此太了解。而是當面對熊熊愛火時，縱使有著火光的照亮，但你根本無法顧及，你不想去看到，不願意去面對，又怎麼能說是誤會呢？因為你不願意去取火、升火，不願意添柴加熱，你只想著與對方手牽手一同往愛的火海裡跳，讓愛火把你倆燒盡，但是當愛火沒有出風口，當你倆的一切都被全然燒盡時，所剩的只有零落的火星，如果這時再隨便刮來一陣風雨，恐怕連僅有的星星之火都要降到冰點以下了！

所以，愛火必須要有一個出風口，必須要讓氧氣進來，並且不斷地添柴加溫，那麼愛火才能持續。但什麼是出風口呢？就是包容。什麼又是柴呢？就是時間，就是關懷、照顧與激勵。換言之，愛需要在時間的過程中，不斷地經歷包容與被包容，因為愛是無盡的包容。

人的度量是有限的，如何能夠去無盡的包容呢？其實很簡單，當你的眼中只有愛的時候，你容不下其他的事物；那麼當你的眼中只有自己，只有自己的喜怒哀樂時，你也容不下別人了；你常照鏡子，看到的都是自己，你常望對方，那麼佔據你瞳眸的，就是對方了。在愛的火光照耀下，自己與對方都是不完整，都是傷痕累累有所欠缺的；那麼你需要被包容，你渴望別人的包容，也就一如對方需要你的包容了。

當愛的火以包容為出風口時，你才能在垂垂老矣的時候，向著對方說，不管你有多少缺點，在我眼中都是優點，也不論我有多少錯失，總被你的包容譜成美麗的樂章。因為你是怎樣的人已經不重要了，重要的是我只要懂得，愛你。

（康寧雜誌）

愛的小語

愛，就像黑夜星辰，在永恆宇宙中閃爍。

情人節最重要的不是要有情人，而是要有愛。

把握機會對周圍的人關懷付出，真愛就將你團團圍住。

勇敢付出愛，也認真珍惜被愛，為愛加油，讓愛沸騰！

失去愛最快的方法，就是緊緊抓住；保留愛最好的方法，就是讓它自由飛翔。

說「謝謝」不等於距離感，說「對不起」不等於沒面子，說「我愛你」更非戀愛專利。愛，不能只放在心裡，需要大聲說出來。

最美麗的愛並非不能完成的戀痕，而是走出心靈桎梏，快樂的犧牲奉獻，讓愛在人們的心靈蔓延。

溝通過程中，耐心的傾聽，啟發式誘導，才能讓愛的清泉暢流無阻。

與蟑螂共枕

關於蟑螂睡覺的姿勢，是否雙手抱頭或唾沫直流？是否手腳撐成大字形並鼾聲大作？其實我都不是很了解，但是我相信，關於我睡覺的姿勢，甚至略帶隱私性的習性，蟑螂可是了解得非常清楚。

在所有生物當中，獨對蟑螂我一直是十分恐懼並厭惡的，除了因其尊容實在夠醜陋外，還包括牠有一對薄薄的翅膀，經常一個飛跳起來，迅雷不及掩耳的身手令我驚惶失措，深怕牠一頭鑽進衣內，對我伸出魔爪非禮一番，而奇怪的是，幾乎會與我發生一點點關係的蟑螂，身手都相當敏捷，經常神龍見首不見尾，令我有敵暗己明的懼怕，不知何時會蹦出對我挑逗，對我摧殘到無以復加近乎崩潰的地步，而且更離譜的是，牠彷彿要永遠常隨我左右般，不僅會與我共餐、共枕，甚至會不怕死的與我共浴！

縱然我對蟑螂如此忍無可忍，但卻很奇怪的是，我雖不是服膺護生主義者，卻一直沒有要將其除之而後快的心緒；小時候每當在家中一看到蟑螂，第一個反應是大叫一聲「哇——！」然後父親以為家中又有老鼠橫行，趕緊拿了掃把過來，當看到原是蟑螂時，只是一個腳踩下而掃把差點沒打到我頭上；長大後，偶而碰上較為弱小的蟑螂，會抓起拖鞋往其頭部砸下，若是碰上較為雄壯威武或一隻以上時，則趕緊逃離現場，表現一種屬於人類揖讓而升的君子風度。

記得第一次發現蟑螂與我原是如此關係密切、且還對我可能有所助益時，是在某次我換了一個新公司時，突然有個同事過來問我：「聽說您還擁有什麼碩士或博士的學位？」我訝異了一下思慮了三秒後回答：「哦！——對了，我是在德國研究蟑螂性交的博士。」頓時周遭也驚訝得悶不吭氣，但其實我要說的是，我覺得我的最大才能與最高學位在於從對蟑螂的恐懼厭惡，到已能夠跟蟑螂共存共榮。

我與蟑螂之間從抗爭到妥協，在這過程中之所以產生如此劇烈變化的因素，我相信是由於時間的衍化而逐漸發現，無論自己及我的親友如何地驅殺蟑螂，都無法將牠與我的生活完全隔絕，而且殺之並不能後快，因為牠的死相實在又比生狀要難看得太多了，尤其當牠們成群結隊向我遊行示威時，我唯一的處置方式就是觀察再觀察，公權力在此時是毫無意義的名詞，因為積極一點的方式只能待牠們攪得天翻地覆呼擁而散後，再來收拾殘局整理環境，並把自己的周圍用消毒劑噴灑成一圈護城河，以確保爾後我與蟑螂間在安全、安定中各自發展。

同時，當我的工作換一家公司時，發現我與蟑螂間的關係更形微妙，當然這跟薪水、職務提高及應酬增多而無力處理蟑螂的問題並無絕對關聯，且雖然漸學會對著上司或對人說著言不由衷的話，在杯觥交錯間擠出一臉憨厚可欺的笑容，但我對蟑螂的妥協卻是十分真誠的，尤其在我換了個新辦公室後，桌上有兩具電話，平時不接電話還好，一接起電話立刻就有數十隻身長不到零點五公分的蟑螂從機座底部開始四處竄逃，縱然我對牠已毫無敵意，但牠也要向我表達「你有你的言論自由，我有我的行動自由」！所以，我並不去發覺抽屜或角落究竟有多少族群的蟑螂正在進行交配繁衍，因為蟑螂也有行動的自由，因為當我必須在這辦公室上班的時候，我與蟑螂間只要不產生危及彼此生命安全的問題，還是維持和諧的狀態才對大家都比較方便。

午間，當我趴在桌上預備午睡，雙眼闔上前還看到桌上在雙手枕著的旁邊，有著可能是兩隻蟑螂打架後零落殘敗的肢體，但在逐漸睡去的夢中，那蟑螂殘敗的肢體已然幻化成似曾相識的人類嘴臉，以不甚清晰略帶吵雜的語言侵略我的耳朵，就在這半夢半醒之間，我聽到了上課鈴聲，哦！不，是上班鈴聲，哦！不，是電話……，是……，我趕緊抓起話筒，還沒反應過來時，就已看到一群蟑螂排隊在面前向我道了聲：「午安！」

（自由時報）

雙人床

再也沒有比這件事更舒暢的了。

首先，你必須相信，穿衣服或脫衣服並不是頂重要的。因為這是屬於你的地方，所以你可以十分隨意，隨意坐、臥、躺，隨意走動、跳躍，或者你想飛，就飛吧！而假使你不知道，該如何去做你想做的事，那麼先去沖個澡吧！沖去所有你必須記得的東西，然後你可以一絲不掛，但若你羞怯，可以僅僅披上一縷薄衫，再將自己伸展成大字般地仰躺在床上，聽床頭鬧鐘裡的秒針向前走動，如傾聽我的呼吸、心跳聲，如你正微掀著唇，輕輕向我低訴，說你當時，就在像今晚這樣的夜裡，把那樣一個人當成是我，可以如此相知相許，如此盡情地奔洩你情感的洪流，讓你毫無顧忌地獻出一切，讓你闖入美麗的情懷中，開始懂得品嘗美麗的思念。

當我盛起你在心海久釀，從眼角倒出的酒汁時，我一飲而下，用我苦澀乾裂的唇舔潤著你每一寸倏然而立的毛細孔，這樣，一個人，是你是我，醉了！醉在你我唯一可以相擁相合的這張雙人床上，放肆的翻滾。如在無人無際的大海放肆的泅泳，恣意的沉浮；而當你俯壓住我時，我知道我勝利了。是我，補癒了你一身隱然作痛的傷口，於是你放情逞使醉態，於是你將忘記，忘記昨日、今日與明日，因為你原是那麼懂得享受，享受此時此地這瞬刻的美好。就在這樣舒軟的擺動與伏盪間，我，不是已然挖出你嘴角的笑嗎？

你愈來愈興奮了嗎？別急！當你享用這夜清靜的舒暢之前，你將看到，桌上的一杯熱茶，是我為你而沏，而你指間的那一根煙，我已為你點燃；我們將共同觀賞，那緩緩上升的兩種煙絮，在我眼前交織，在你腦海合化成一幕幕朦朧的影像，這時，請你務必記得一個我，因為只有我，才是唯一讓你感到滿意，唯一能夠真正永遠屬於你的人。

這不僅值得高興，更在你胸口兜滿一懷的自許、自豪與自信，並且你是那麼急促，急著將這新鮮的驕傲快快地傾倒，快快地把你的酒渦翻出，笑著對我說，你那麼忙碌，樂於忙碌，為一個我無法明白，你也無法解釋的偉大目標，以展現你工作的長才，你性格的堅強，雖然那些人，那些繁瑣的……，你提都不願提想都不願想，但你毫無怨言，依舊很高興，很得意，因為你正賞悅著自己的成長，你相信在這世界上，再也沒有人活得比你更充實的了，縱使累極，只要你猛然醒覺，就會發現一個完全屬於你的我，無論何時何地陪你笑、陪你哭，陪你在這張雙人床上，海闊天空的馳騁，並且更擔下了你一生所有的重擔。

你翻了個身，偷偷地笑著，我知道你將在笑意中逐漸睡去，更知道你在進入桃源夢鄉之前，其實是多麼的貪心，你期盼夢裡，除了我，還有一個別人。

當明晨醒來，你匆匆上班之前，請記得把我摺疊收藏好，放在你胸口最隱密的地方，千萬別把我留下，讓我獨自撫摸，這張雙人床上，僅有的一個沉重身印。

（自由時報）

一棵樹的名字

不是第一次到鵝鑾鼻，卻是第一次感到在鵝鑾鼻公園綠地上，那從未有過的悸動，是心跳隨著風中的浮雲，翩飛。

從來沒有看過一片草原，是那麼的溫柔，像一張大床，作為大地的搖籃，在冬日裡，以斜陽做奶水，彩霞做澄汁，在海水擊拍出浪花的協奏曲中，餵哺著一棵棵或胖或瘦的椰子樹。

從來沒有看過一棵椰子樹，是那麼地令人感動，甚至是泫然淚滴。只因為，它沒有家，只有天幕為父，草地為母；它沒有家，只因為別的椰子樹總是成群成組，或是相偎依，或是環繞著小石凳，像一戶戶儉樸平凡的農村人家，在黃昏時刻，升起了溫暖的炊煙嬝嬝；而它，卻只能在門外守候，巍然聳立，像暗道中迷濛的街燈，為迷途的人指引回家的方向，與在它不遠處的鵝鑾鼻燈塔相映照，一較高低。

它只能指引人回家，卻始終沒有人會帶它回家。

因為，沒有一個家適合它；沒有一棵樹與它相稱。或許，佈置這片草原的園藝家深具慧眼，不知道該把這棵椰子樹如何栽放，只適合與同類保持距離，因為既是同類卻又如此相異。誰讓它跟別棵樹長相不同，又不願低頭，這是它的命，註定孤獨的命運。

如果真有這麼一位園藝家，不得不令我讚佩，因為他沒有把這棵樹修剪得與其他樹一樣，或是修剪成能與其他樹相配，成雙成對，成一片椰影參差交錯的憩靜園地，成一座在風中整隊，一列列椰旗飄舞的綠色王國。不，天空才是它的國。它是椰子樹，偏偏不屬於綠地，誰讓它的頭抬得太高，總想追日；誰讓它的身子太瘦，恁是風吹雨打，偏不折腰。於是，身懷絕技的園藝家什麼都沒做，只把它放在了一個該放的位置，一個僅能與其他成雙成對、成園成家的椰子樹疏離相望的一個位置。原來，這片草原中，最美的是一棵樹的孤獨。

孤獨，該是它的名字。在綠地上偏要伸向藍天，屬於椰子樹種，卻又難與這片綠地上其他椰子樹成群成隊。如果沒有其他樹，就沒有真正的孤獨；因為有了其他的樹，又不能相配相容，只能孤獨。

孤獨，是它的名字。我抬頭從心底高喊，渺小的我對著高大的樹說：「在這裡，我要讓你做一棵有名字的樹，你的名字叫孤獨。」

然而同時，有另一個人在不遠處向我喊著「『看！這一棵樹有一個名字。』」

難道我對這棵樹的創意被剽竊了嗎？有人與我心意相通？還是，我根本是拾人牙慧，這棵樹早已有了名字？於是我回眸一望，他向我走來：「這棵樹的名字叫做——蕭正儀！」是我嗎？這話令我震懾，無聲。他是我的丈夫。

他說，這棵樹的名字叫蕭正儀。我說，這棵樹的名字叫孤獨。我們倆取的名字完全不一樣，是我們心意不能相通，抑或他了解我太深？

我說，我知道這棵樹為什麼叫孤獨，有一百個理由。他說，他不知道這棵樹為什麼該叫蕭正儀，沒有任何理由。

於是，我們有了一個決定，這棵樹不該有任何的名字。因為，當每一個人看到它時，每一個名字都是它。當你打開心中的潘朵拉盒子時，它的名字就從中躍出。

這棵高高的椰子樹，與古老的鵝鑾鼻燈塔前後相望。也許船隻早已忘了燈塔，但成群的孩子依舊在燈塔前嬉戲，儘管夜幕逐漸低垂，白色的燈塔仍然白得透亮，因為它有個舉世聞名的名字——鵝鑾鼻。

沒有名字的是，與它相配的高高的椰子樹。夜，整個的黯淡下來，沒有人會向著這棵樹的方向奔去，也再看不清那在風中款擺的椰影，只能夠聽見，風吹葉動的婆娑聲，似乎向著無盡深邃的海天，傾訴心曲，曲調裡有段故事——關於一棵樹的名字。

最親密的人

有一天，我看到一對父女挽手走在街上。說是父女，因為那是我鄰居，我認得的，女兒十八、九歲，父親五十歲，每一次看到他們一家和融的父女感情，總讓人很羨慕，這讓我想起，年輕歲月時的我，我也是凡事以爸爸為主的。

我想起每次填寫表單時，主要或緊急聯絡人就是我的父親，這不僅僅表示，父親的意見永遠對我的人生佔了決定性的影響，更是一種「主權」的宣示。我不是一個很傳統的人，但很顯然的，結婚前一切是隨父親，縱然我有許多叛逆，我父親亦很開明，但是這種尊重依賴的關係是存在的。

結婚後，當然不是一切隨丈夫，但很奇妙的，從此我的主要聯絡人，就從我父親的名字變成了我丈夫的名字，這好像是一個自然的轉移，在我身分的每一個表格上，最親近的人是我的丈夫。

記得有一個故事，說到一個教授在黑板上寫了很多關係，然後讓學生上台來做選擇，如果要在生命中一個個刪除，會刪除誰，剛開始很容易，但到了越在乎時越困難，好像自己像劊子手般的決定要捨去重要的人，到了最後，只能留下一個人，學生留下的是自己的配偶。為什麼呢？偉大的愛情嗎？不！因為最後陪伴走完人生的是自己的配偶。

所以，在結婚時，父親把女兒的手交在丈夫的手上，象徵這樣的轉移，一個女人保護權的轉移。

在人生最親密、最私下、最深處、最親密的陪伴，就是你的配偶，丈夫或妻子，彼此是最親密的人。

喜樂人生

「你快樂嗎？我很快樂！」「幸福嗎？很美滿！」曾經，這些歌或口頭禪之流行，似乎正反映出大部份人的內在是不快樂的，並且對自己或別人的快樂存疑。

「快樂是什麼？」在媒體中大家彼此相問著，彷彿要時常提醒著人們你是快樂的。那麼，究竟人生之快樂、生命的真正喜悅又在哪裡呢？

人窮其一生，汲汲營營於所追求的，不過是生活與生命的滿足與喜樂，只是每個人所要求的程度與形式不同罷了！就馬斯洛的人類基本需要而言——生理、安全、所屬、愛與被愛、自尊自重、自我實現，也正是人類追求滿足的層次進階，在這層次進階上，不停地往一個個目的地邁進；這標竿也許是具體而實際的，譬如肉體的滿足，金錢、權位等，也許是抽象而自我感覺式的，譬如所屬感、成就感、愛、被愛與被尊重者，統合而至自我實現，於是人為了在世上，這小小「自我」的「實現」，必須在抵達一個目的地後再向另一個目的地攀爬；為了「滿足」這無底洞，為了生命起初的原點，原本很單純的「喜樂」，不斷做圓周般前進，向這生命原點奔馳。人生也就如同一個圓，如同地球的自轉與公轉，在自我與環境、可支配與不可支配間環繞不休，如此周而復始，日復一日，直到當人還沒有釋放出自我與宇宙間運轉的奧祕，人生旅程上滿足與喜樂的平衡原則之前，這世上的每一個人都將達到人生共同目的地——肉體生命的終結。

人生中除追尋目的外，也有許多人對生活中的大事小事是沒有目的的索求或模糊不確切，但並不代表這些人就不喜樂或無權於享有喜樂，問題只在於你對生活的本質、自我的認知、喜樂的要求是什麼？是否能夠肯定的享受沒有目的的或混沌自在的生活型態。而也許這樣的生活型態只是你人生的某一過程而已！於是無論有沒有目的、目的確定不確定、具象或抽象，但人生總在歷經幼年、少年、青年、中年、老年這些大階段後一起邁向生命終結之處，當然在這些大階段中還有一些小階段，因此人生真實的喜樂，不在形形色色目的之完成，而在追求喜樂滿足的過程中，除了人生的時間階段性意義外，在活出喜樂的本質上，獲取的方式卻往往是終極的，譬如燃燒而重生之火鳥，乾渴之飲於活泉，死地而後之草原，復明之後的盲者。因為喜樂不在瞬間，並非巨浪狂濤，不似炙陽烈日；不在歡騰狂喜，歡騰狂喜如豪雨颶風，帶來水源也帶來一片瘡痍；而激情狂歡亦必有落幕，幕落之後夢醒人去樓空，空洞茫然於不知所向，故喜樂不似奔湍之瀑布，當如瀑布下之潺潺溪水，長流不息。

因此自身喜樂與否，毋須你急切告知他人，亦不用他人來肯定證明，更不必去詢問他人的喜樂與否，詢問只顯示你內在自我的疑惑，顯示你的喜樂需要經過比較來證明，因為喜樂是自然的、平靜的、悠遠的，是個體內在生命經種種衝擊、篩選、融合後的自然湧流，如百川之納入大海。

在擁有喜樂之終極意義的另一方面來說，人之所以產生心底紛亂的事由，根源往往於內在深藏植入的空虛、不安全、恐懼、憂愁、焦慮等，因為人終究是軟弱的，你能擁有多少的剛強，就在於你能如何面對並處理自我多少軟弱。因此，如果你能把一切最不願意發生的情境一一攤出，同時也把最希望發生的情境一一列出，欣然平和地解析、處理、面對，全然將自己由內而外的解構再統合，那麼無論是否歷經浴火重生，起碼你都將知道，就算失去一切還擁有失去的過程，就算得到一切也要付出捨棄的代價，即使把你完全擊碎也不過是回歸原點，回歸生命起初的喜悅！且將一切得與失、需與求，還諸天地，拋予造物，因此再沒有什麼能夠讓你嚐入苦味，而從心底清澈明白自身所擁有已太多，並得以掌握人生階段性的意義，享受生命本質所賜與之豐富，進而流出生命底真實喜樂。

關於喜樂之於人生的諸等問題，不是知道與否，亦非死命地追尋、探索、失落、獲得，如今，乃是「享有」並「享受」。

（自由時報）

生養大計

自從結婚後，每回與親友相聚，總會被問到何時生個小ＢＡＢＹ之類的問題，我的回答是：「不生。」然後緊接著又要回答ＷＨＹ？我只好從下列的答案擇一滿足：

Ａ、因為如今養活自己已經很辛苦了。

Ｂ、因為我和我老公現在都不喜歡小孩子。

Ｃ、因為我有遺傳性疾病，為免遺禍下一代。

Ｄ、以上皆是或以上皆非。

還好現代人沒有太多思考別人問題的閒情逸致，不然我又得挖空心思苦尋一堆言不由衷的答案，於是問題像今天天氣好不好之類的應酬話就此打住，或者我必須十分乖巧地傾聽對方放言高論於「家庭倫理」、「社會責任」、「生命之意義在創造宇宙繼起之生命」……等等，然後儼然若有所悟地頻頻點頭，然後所有的問題依然沒有答案。

我一直覺得很奇怪，這些問我何以不事生養的親友，是否問過自己何以生養？那麼答案可能有：因為長輩的關係、或因為年齡到了、或養兒防老、或因為孩子可以帶給自己很多快樂、或這是人生的必經路程、或擁有做父母的成就感、或要有孩子才成一個家庭，等等，林林總總的想法與冀求，然後可能在尚未髮斑齒搖的時候就已感悟而大嘆：「孩子真是父母的前世債。」於是，我十分不解，一個你所孕育的新生命，無論是否尚在懵懂未知的階段，是否就有責任去擔負你現實或心理的需求，擔負你一切喜怒哀樂？無論你想要完成或擁有什麼，無論你所持任何理由或想法的生養大計，其實都跟孩子是無關的，孩子只是某一階段與你息息相連，絕無義務承負你內在生命所需；孩子這個新生命的權利是你所能給他享有多大的一片天，而義務在於他徜徉於這片天中所發展出與宇宙社會間的關係。

孩子與父母間的關係，並非相屬，而是相親。我們如何看待一個生命，比我們是否要有個孩子要重要的多，畢竟，生一個孩子不是買一棟房子，可以退貨或轉賣。於是，生養大計絕非「ＹＥＳ」或「ＮＯ」的符號，而是生命永不乾涸的喜悅栽種於意識底層之開花結果；一如月升月落之美麗運轉，一如日出日暮之時序交會，晨曦或黃昏，都可以織繪滿天彩霞，沒有大悲大喜，沒有所得所失，只是渾然融入於宇宙自然光景中。

關於前段我所謂不生育的A、B、C、D四種答案之原由，其實都可以經由心理及生理的醫療方式找出解決的方案，於是可能所有的原因通通成立或通通不成立，因為我也可能於某日非常愉悅地執行生養大計，但絕與本文無關，因為人生要學習的是，承受天地之賜而尊重生命。

（自由時報）

至少還有我在乎

已經第三天了，你都不說一句話，也不想吃喝，從認識到結婚，十年了，你從來不曾這樣。

你看著電腦，我看著你；你整顆腦袋淪陷在網路裡，而我整個人迷失在你的背影裡。如今的你，那麼的近卻又那麼遠，那麼的熟悉卻又那麼的陌生。近的是我們在同一個屋簷下，甚至在同一張床上，但我卻不知你在想甚麼？熟悉的是你握著我的手說著你的夢，在親友間意氣風發的闡述你要如何大展鴻圖，還有你在公司尾牙上台致詞時的驕傲笑容，以及你那越來越不像樣的鮪魚肚，越來越少頭髮的腦袋瓜……。

你真的不能再抓頭髮，因為已經沒有幾根了；你也真的不能再不吃東西了，因為沒有錢再去買合身的褲子與腰帶。沒有錢，我知道不該在你面前提起的，我總是不經意的傷了你，像一張紙，不過隨意啉的一聲，也能將自個兒的手劃得皮破血流。明明流血了，卻還不知要如何說抱歉！這強烈的自尊似乎是你的翻版，也是你愛我的原因吧！然如今我卻驀然發現，自尊越強，越易受傷，越孤獨。為了保護那苟延殘喘的自尊，只好不斷的築起高牆，任烏雲籠罩。你走不出來，我衝不進去，只有不斷的撞牆，猶如自戕！

每個月的數字遊戲，曾經是你的驕傲，如今卻是你最大的羞辱；而我，是你最沉重的負擔。曾經，你揹著我涉水，拉著我翻山，我說我多麼願意一生讓你來背負，那時你年輕，壯若高山。如今，你仍然是我心中的巍巍高山，不論風雨如何摧殘，亂石如何崩塌，在你那裡，仍是我唯一有泉可飲之處，有蔭可蔽之地。沒有你，我將被這蒼茫的宇宙吞噬。

我想說，不論債務多龐大，不論事業多失敗，就算全世界遺棄了你，所有的朋友遠離了你，沒有一個人肯定你、在乎你，但至少還有我在乎，無論甘苦，我的心仍然被你監禁，我的人仍然在你身旁，與你同行。

輯一　明朝散髮弄扁舟

你是最有價值的

在五百多人的教育訓練會場上，主持人侃侃說著關於企業老闆的感人故事。

二十多年前，企業草創階段，公司不過幾十位員工，老闆經常要出國，偏偏又碰上才到公司上任沒幾天的會計，手中正處理著近千萬的進出帳務，非常緊張的打了越洋電話問老闆，老闆簡單的告訴她幾個處理步驟後，很輕鬆的對她說：「不用擔心，你要知道，你比你手上的一千萬，有價值多了。」這句話改變了這位小會計的一生。她的老闆成了大企業家，她成了這個企業的高級主管。

台下聽眾的心海，隨台上主持人訴說的劇情波濤盪漾。每一個人都盼望自己是那個被重視的小職員，在還不知道自己是不是千里馬時，就遇到了伯樂。但如果你要更上一層樓，成為一個伯樂，那麼你所需要的，不是找到千里馬，而是造就了千里馬。如果你要成就你的事業，你的觀念必須翻轉，是你在操弄數字，不是讓數字左右你；你要發展你的組織，心態必須正確，不是別人為你工作，是你要去幫助別人成功。如果你要成功，你必須認清，人，是最重要的；你身邊的人，你的夥伴，是你達成目標的最大資產。

人，才是在一切工作的發展中，最重要、最有價值的。在基督徒的生活裡，幾乎每個人都知道在聖經中，耶穌對彼得說，你們要作得人的漁夫（馬可福音一章十六節），叫彼得得人如得魚；而在馬太福音末了，主耶穌也囑咐門徒，要去使萬民作主的門徒（二十八章十九節）。正因為如此，我們愛主、服事主、服事教會，常把注意力的焦點放在聚會人數有多少？自己帶了多少人？參加了多少場聚會？讀了多少聖經？……然而，這些不是不重要，重要的是，當我們看待「人」的時候，是否感到，你比這一切都有價值，你是最寶貴的，因為我所愛的主，為你上了十字架，付上自己作代價。

在教會中，我們很容易重視工作而忽視人，把傳福音、服事弟兄姊妹當成作業績。往往忘記，在神眼中，最有價值的是我們這個人，最寶貝的是我們這個人。神愛我們，不是我們做了什麼？不是我們擁有什麼？只因著祂的憐憫（羅馬書九章十六節）。

人，才是神眼中最有價值的。因為神要做什麼事，說有就有，命立就立，但是神要拯救我們這個人，卻必須親自成為一個人，歷經了三十三年半的為人生活，末了還要犧牲祂自己，受盡凌辱，被釘、被刺、流完最後一滴血，才能成功的救贖我們。

當我們看待「人」時，是在做教會公關，行使聖徒義務？還是想到，他跟我一樣，是主出了寶血的重價買回來的。

一個企業要發展，在老闆的瞳仁中，最有價值的是人。一個教會要有復興的事工，就會看見，在基督愛的眼眸中，最寶貴的是人。基督是教會的中心，而人是基督的中心。我們的神，最愛的是人；在基督眼中，人是祂一切計畫的中心。

但願我們看待弟兄姊妹時，僅僅的只感覺，親愛的，你在我心中是最有價值、最重要的，因為我的主是用祂的生命來救你；不論你成功或失敗，軟弱或剛強，你都是祂的最愛。

活出基督，才是真正的服事。

（基督教論壇報）

智慧有限

探望住院的父親時，感覺他的情緒比前兩週好，可能已經比較接受現狀，接受他以後的日子，只能坐躺，必須有外勞照顧著；接受別人的照顧與搬動，自己沒有辦法，對他來講是件很痛苦的事。

不過，看來也非如此，因為我媽說外勞做不到兩週就要辭職了，後來找仲介公司來溝通。因為，父親很會罵人，媽媽說：「爸爸很會生氣罵人，誰受得了他，人家當然會害怕。」

我問媽媽：「老爸罵人不是英文就是詩詞文言文，她應該聽不懂吧?!」

媽媽說：「妳爸爸老動不動就罵外勞：『妳智慧有限！』」

我當場傻眼問：「這她一定聽不懂的。」

媽媽說：「人家也會看著爸爸瞪著眼睛生氣的表情啊！」

我想想也對，轉頭對我爸說：「如果每個人都非智慧有限，就應該沒有煩惱才對。那請問老爸，到底這世上誰是智慧無限的呢？」

我老爸看了我一眼說：「妳無聊。」

我覺得這是一個很好的問題，人家有智慧的話，還需要來做你的外勞嗎？我爸居然罵人「智慧有限」，我們誰不是「智慧有限」？誰又是真正的「智慧無限」呢？可見，在我們心中有一個期盼，尋求智慧。

這樣，智慧從何處來？聰明之處在哪裡？聖經約伯記二十八章二十三節的答案是：「神明白智慧的道路，曉得智慧的所在。」智慧，完全在於神！人如何得智慧呢？敬畏耶和華是智慧的開端（詩篇三篇十節）。所以，人的智慧之由來，在於神；智慧的開端，在於敬畏神。人要得著智慧，必須得著基督，也就是信入基督，因為這基督成了神給我們的智慧（哥林多前書一章三十節）；有了基督，我們便有真正智慧的長進。

母親節的發現

明天是母親節，但主日要聚會，所以沒有辦法回娘家，就預定今天早上吧！感謝體貼的老公這麼提醒我，因為婆婆已逝，他知道我一定會回娘家的，所以規劃好時間行程。

其實，因為都住台北，幾乎每週也都回去看爸爸，所以很方便。只是，今天中午約好要請爸爸媽媽吃飯，推整天坐輪椅的爸爸出來曬曬太陽，喝點小酒。

我不知道怎麼表達感情，面對媽媽——她不是我的親生媽媽，也不是從我一出生就收養我、把我捧在手心的那死去的媽媽，她是養育了我十三年的媽媽。

從小，因為沒人跟她聊天，她就跟我聊，然後很多抱怨，讓我覺得很煩；或者，用著酸酸的語氣，說我才是命好。然後數落著我，從小不會撒嬌，不會討好她，簡單來講，我就是一個不會黏人、不會拍馬屁的人。所以，她不喜歡我。在她心中，除了我兩個弟弟，就是她娘家的那些人最重要。

爸爸在我面前，也不會稱她為媽媽，總是說：「妳阿姨……。」直到長大，為了避免長大的弟弟有不好的感覺，我慢慢地在自然的狀況中，喊她媽媽；但爸爸仍在我面前，自然稱呼她為：「妳阿姨……。」似乎母親節我應該去看的是我那死去媽媽的骨灰，而不是這個養育我長大，活著的媽媽。好像，只因為她嫁給了我爸爸，所以要照顧我。

我對她沒感情嗎？當然不是！除了對爸爸的依賴外，這世界除了她，有誰認識我，與我相處更久呢？

還在家中的時候，她說我穿太厚了，還說我胸部怎麼這麼大，發育太好了，我心想：「我發育的時候，不是妳養育的嗎？」

到餐廳吃飯點菜的時候，問要吃什麼青菜，我點了「乾扁四季豆」，因為離家後，很少吃到媽媽煮的菜，小時候在家，她很節省，總是做乾扁四季豆、炒黃豆芽這些菜，而我也最喜歡吃。

但今天的乾扁四季豆一端上來，媽媽說：「這看起來好像不好吃。」我一夾起來咀嚼著：「是不好吃，沒有媽媽的味道，沒有小時候帶便當時媽媽做的好吃。」接著爸又說：「那是客人太多，乾扁悶炒的不夠味啦！」

我真的很懷念小時候帶便當媽媽做的菜，雖然那時候都覺得不好吃，不合胃口，也覺得媽媽從來不會特別做我喜歡吃的，總是做爸爸或弟弟想吃的。

但是，現在我發現，我是她養大的，雖然歲月不經意的過去，但似水流年總洗不盡這點點滴滴的事實。

快樂鑰匙在誰手中

每一個人生命裡都有喜樂之泉，但這把打開泉源的鑰匙掌握在誰的手中？

一位女士抱怨：「我的婚姻真不快樂，我先生常常出差不在家。」原來，她把快樂的鑰匙遺落在先生的懷裡。

一位媽媽說：「我的孩子不聽話，叫我天天生氣罵人。」她將快樂的鑰匙隨意讓孩子把玩。

一位男士說：「上司不賞識我，感覺真窩囊。」他把快樂的鑰匙塞在老闆的手裡。

一位婆婆說：「我的媳婦不孝順，我真命苦。」原來，她把喜怒的主宰送給媳婦了。

許多人讓別人或外在事物控制自己的情緒，永遠要別人為自己的痛苦負責。但是，一個成熟的人，清楚知道快樂的鑰匙在自己的手中。他不期待別人使他快樂，反而把自己的快樂分享給別人。

一位基督徒經常要聽許多朋友傾倒內心的垃圾，面對別人負面思考的一堆問題，但他總是很喜樂的說「很高興有人願意跟我分享。」有一天，他的朋友說：「為什麼跟你談談話，就覺得很喜樂，問題沒那麼多了呢？」這位基督徒笑著說：「我也不知道我為什麼這麼喜樂？好像也不是因我能解決什麼事而喜樂，而是我有一位源源不絕供應喜樂的神。」

原來，他把自己快樂的鑰匙交在耶穌的手中，以致不虞匱乏。

吃了無毒蘋果的有毒公主

什麼叫做「吃了無毒蘋果的有毒公主」？在如今大家一片惶恐，人人都覺得自己或多或少吃了點毒奶粉的時候，不免一陣譁然，到底蘋果有沒有毒？在白雪公主的童話裡，蘋果應該是有毒的；童話、或者感人故事，通常跟毒物有關，如莎翁名劇《羅蜜歐與茱麗葉》，不免也要來段服毒的橋段。

直到如今，毒發事件一再上演，到底誰有毒誰無毒呢？其實，「吃了無毒蘋果的有毒公主」這句話，是我一個在英國的姊妹於ＭＳＮ上寫的話，於是我問她：「台灣的奶粉有毒，那麼英國的蘋果有毒嗎？」

她說：「哈哈哈，沒有！」

我這才領悟地說：「對，蘋果沒有毒，那應該是妳有毒，因為妳是公主。」

接著她又一陣哈哈哈，她是一個很喜歡說哈哈哈的女孩。然後，我這才跟她講：其實我明白了，我們大家都在討論目前的自身安危，或者抱怨社會政府種種的責任，卻忘了自己的心靈世界要追尋什麼？自己該扮演什麼角色？」

於是，我們開始討論，關於誰有毒誰沒有毒的問題。如果我們都沒有吃過任何毒奶粉之類的東西，是不是就不會有疾病、痛苦、死亡？人類歷史以來，即使在許多疾病沒有被發現的時候，這些問題依然存在，人依然會生老病死。文明醫療進步，不一定活得好活得長，因為小小年紀的學生會憂鬱自殺，受疾病折磨的也可以在痛苦中存活。

這事該從人類歷史算起，原先神造人，是沒有罪的，但是因為第一個人類亞當，吃了知識善惡樹的果子，在神面前犯了罪，這應該是第一個毒王子吃了有毒果子的例子吧！接著，所有人類的後裔都有了罪，罪的基因注射到人的裡面，每個人都變成有毒王子或公主囉！

因為人犯罪，虧欠了神的榮耀，所以神藉著摩西頒訂律法，但律法並不能使人完全去毒，在神面前得稱為義。因此，兩千多年前，神親自成為人子耶穌，誕生於馬槽，來到這世上，歷經三十三年半的人性生活，末了被釘在十字架上而死。聖經清楚告訴我們，耶穌在十字架上的死，代表著祂是神的羔羊為除去世人的罪；祂的復活更說明，首先的亞當成了活的魂，而祂這末後的亞當成了賜生命的靈；為要使基督自己這永遠生命得以進到我們靈裡來，做我們的生命。

因此，當我們在基督以外，我們都是有罪的，也就是說不管吃有毒沒毒的，都是有毒王子或公主啦！但是，我們若接受基督做生命，毒性就要從我們裡面被基督這復活生命大能逐漸吞沒，使我們得以擁有永遠的生命，這永遠生命是不能朽壞、敗壞，是沒有時間限制，最高品質完整無瑕的生命，也就是神的生命。

所以，最重要的，不是埋怨或恐懼自己吃了什麼，目前的身體終究是暫時的；神要給我們的生命卻是永遠的，所以要認識並信入基督，得到充滿盼望的永遠生命。這樣，無論世界局勢如何混亂，我們都有一個更美的家鄉。否則，誰不是吃了「無毒蘋果的有毒公主」呢？

信入基督，就是從有毒的範圍，遷入無毒的範圍；從有罪亞當的範圍，遷入無罪基督的範圍；從肉體的範圍，遷入那靈的範圍；從屬人的生命遷入屬神的生命，而產生一個永遠不變的生命連結。

所以，我們現在需要的是：接受一個神聖永遠的生命，那是無罪無毒的，且能除去我們身上一切的罪污。倘若不是如此，則我們吃任何有毒或沒有毒的東西，都是在那罪污的範圍裡。若能明白這點，我們的生活就會有新的翻轉。

拯救「吃了無毒蘋果的有毒公主」，唯一辦法就是徹底更新公主那天生有毒的生命，也就是要接受另一種生命，這生命就是基督的生命，這生命大有能力，能將你帶到永永遠遠，幸福無比。

（基督教論壇報）

珍珠

美麗的珍珠是世上的珍寶，人人渴望擁有。珍珠的形成，乃是當蚌在水中，水中的砂粒很容易進到蚌內，將蚌刺傷。這時，蚌會從自身分泌出生命的汁液，一層層的包裹砂粒，使砂粒在時間的過程中，逐漸有了美麗的光澤。至終，一粒原本毫不起眼，毫無用處的砂粒，成了光彩奪目，甚至價值連城的珍珠。

人生的結局是甚麼？無論貴富貧賤，都是死亡。人生的內容是甚麼？如果我們的生活、我們的思想，可以像錄影帶倒帶再看的話，將會發現那是部無言的黑白片，因為人心所隱藏的，是充滿了驕傲、嫉妒、貪婪、憤怒，以及人與人間無盡的爭鬥、彼此的折磨，以至於在黑暗中，一步步的走向滅亡。人啊人！原來人的生命竟像砂粒般，那樣的粗糙、低廉，充滿了破壞力與殺傷力。

兩千年前，那創天造地又造人的神，親自來成為一個人，就是耶穌基督，來到這敗壞的世界，如蚌入死水。這位耶穌在世上過了三十三年半絕對完全又正確，滿了人性美德的生活，祂醫病、趕鬼、叫死人復活；然而末了祂竟被世人釘在十字架上，無罪的祂沒有反抗、沒有怨言，就這樣甘心的死在十字架上。然而祂的死卻釋放出神聖的生命，並且祂更在三天後復活成了賜生命的靈，像空氣一樣，可以進到人的裡面，使人藉著相信祂就可以擁有祂神聖的生命。

永活的基督是蚌，世人是砂粒，祂重重的被砂粒所傷，可是祂要得著珍珠。今天我們就是那一顆砂粒，當我們一相信祂，就被帶到基督裡，也就被帶到基督十架的傷處，讓祂不斷分泌復活生命的汁液來層層的包裹我們，使我們這砂粒可以被變化成為美麗又無價的珍珠。

砂粒可以成為珍珠，墮落的罪人是神眼中的奇珍。在這令人疲累、混亂的世界中，您願意一直是顆渺小、無助且無望的砂粒，還是願意藉著相信，接受生命，成為一顆令人賞心悅目的珍珠？

真愛

地老天荒、海枯石爛的愛情，是千古以來千萬青年男女的夢想。然而，千千萬萬談過戀愛的人都相信，這真的只是一個夢，別人的故事永遠是最美，一旦落到自已身上時，才發現不是情到濃時反為薄，就是相愛容易相處難；猶有甚者，多少的愛侶成了怨偶，昨天的蜜語甜言成了如今的唇槍舌劍；世間情愛真如孩子口中吹的彩色泡泡，轉眼成空。

不完全的人不能創造完全的愛，兩個都不是十全十美的人，如何譜出十全十美的愛情？那麼，這世間真的沒有一種愛情，可以滿足人最深情懷，像無限量的大海，湧流不息？真的沒有一種愛情，可以無論在何種景況中，無時無刻與你相依相守，恁是暴雨狂風、生或者死，絕不將你撇下？有的，這惟一的愛就是神人之愛！完全聖潔的神，怎能娶墮落的人為妻呢？於是祂犧牲一切，不但親自成了卑微的人，來到這黑暗罪惡的世界，更經歷了人世間一切的苦楚；末了這位萬王之王，竟為人受死，在十字架上了結人一切的罪；更在復活裡成了賜生命的靈，進入相信祂的人裡面，使相信祂的人與祂有同樣的生命，有分於祂的神性；並且這神聖的生命要在人裡面不斷的擴展，使人逐日與祂相像，與祂相配，至終成為祂在永世裡的佳偶。

祂這永遠的愛，愛了我們。當我們陷於黑暗深淵中，祂始終為我們點燈，用祂自己作了我們腳前的燈，路上的光。當我們走投無路、痛苦無望時，祂總是柔聲安慰，叫我們看見祂是何等的豐富，而祂一切的豐富竟都是屬於我們的！當我們覺得全天下人都不了解自己時，祂是我們惟一的知己，祂數過我們每一根頭髮，祂了解我們愛我們，比我們自己更多更深！當我們對人失望或者人對我們失望的時候，祂從來不失望；因為祂是丟在地上的一把火（聖經路加福音十二章四十九至五十節），要來點燃我們裡面愛的火燄，焚燒我們裡面一切的消極，叫我們充滿了祂生命復活的大能！甚至於，當仇敵來破壞，讓我們軟弱的離祂而去，根本不知道如何來愛祂的時候，祂仍然愛我們到底，如陽光般的顧守著我們；藉著萬有互相效力，並藉著將祂的生命釋放到我們裡面，來吸引我們，叫我們被祂所迷，看見惟有祂是全然可愛的那一位！於是我們轉向祂，深深的被祂愛情所奪！

如今，我們不用到天上陰間尋祂，也不用在暗夜斗室等祂，我們只要一呼求，哦，主耶穌，祂就進到我們裡面來；祂屬於我，我屬於祂，再沒有甚麼可以妨礙我與祂之間的情愛。於是我們這個人，可以放下一切的武裝，向祂完全的敞開，對祂傾心吐意，讓祂來佔有我的全人。也就在這親密、情深的關係中，我們就逐漸脫離人的墮落，而被祂變化，至終被祂完全充滿、浸透，成為祂的新婦。這也就是整本聖經在末了的啟示錄中，我們看見基督是羔羊，羔羊要娶新婦，這是神永遠的定旨，也是我們榮耀的盼望，更是宇宙間曠古爍今的惟一真愛。

從愛情到婚姻

有人追求海誓山盟，至死不渝的愛情；好不容易經過重重難關，找到愛慕的對象，交往過程偏偏又碰碰撞撞，但還是喜歡對方，只有彼此體諒吧！直到把戒指戴上，盼望一切關係將會更圓滿，明天將會更充滿希望。

王子與公主結婚後，明天真的會過著幸福快樂的生活嗎？許許多多的人都知道，也都在問這個問題，但許許多多的人還是結婚了，許許多多人還是離婚了，許許多人人也都在甜美的相守一生中。這究竟是什麼道理？

因為天天相處在一起，兩人會發現彼此的口味不同，也沒有自己的時間和空間，若加上孩子一吵，來個你丟我撿，似乎永無寧日。許多人想逃離婚姻的牢籠和戰場，無論是萬般痛苦，或是歡喜出獄，就讓一切結束吧！

然而，一切真能結束嗎？在大多數的情形裡，離婚只是宣告：我們不願再愛，不能再愛。為什麼不能再愛呢？因為在我們人性的軟弱肉體裡，沒有無盡的愛，自然就沒有愛中之愛。

無盡的愛在哪裡？答案是基督。祂是天下人間惟一的愛，祂有無盡的寬容和體諒，能將一切消極的事物轉化為正面的，將失望變成希望；只要接受祂到我們的裡面，愛情與婚姻通通不一樣。

《夫婦箴言》寫著：「彼此敬重、互相體恤是愛的表顯，敬愛對方的親人是蒙福的本份。謝謝和對不起是該常說的話，因為熟而失禮是失和的開端。」在基督裡，有更多生命的話，成為我們愛的泉源，讓我們能夠去愛。

沒有結束的愛

收到一封朋友轉寄的e-mail，裡面有一句話，令我感觸頗深：「就算是friend，最後還是會end；就算是lover，最後還是會over。」

這兩件事不就關係著我們一生追求的大事麼？難道最後什麼都沒有，這真令人傷痛。沒有真正的朋友，沒有真正的愛麼？這一生的疑惑，誰能解開？

耶穌說，祂是我們最好的朋友。但是，祂怎能是我們最好的朋友？根據聖經的啟示，祂是神成為人，一個真正的人，跟我們一樣。祂經過釘死、復活，成為賜生命的靈，住在凡相信祂的人裡面。祂傾聽我們一切心語；痛苦給予安慰，失落給予希望，軟弱給予扶持，疲憊給予力量……。總之，祂在我們心靈最細膩之處，給我們一個舒適的安居之所；祂也是一切正面事物的總結；凡我們所渴盼的，祂都是答案。

這世間到底有沒有真愛？我仍相信許多可歌可泣的愛情故事。然而，從今世相約到來世，在今世總有分離，總有結束，來世又是什麼，誰也不知？也或有許多人世大愛，充滿每個角落，但似乎相近又相遠，總是不能解決人深處對愛的渴盼。

聖經告訴我們，神就是愛（約翰一書四章八至十六節）。聖經不是說，神「給」我們愛，而是說，神就「是」愛。只要我們信入祂，祂就進入我們深處。一面，祂在我們裡面作為我們的愛，讓我們能愛；另一面，祂在天上愛著我們，把我們帶回到祂這愛的源頭，享受祂作真正的滿足。這愛永不改變，這愛從今生直到永遠，這愛滿足我們的情懷。除此之外，真的別無他愛，能使我們直奔永遠。

如果你對friend或lover以及其所衍生的問題，感到種種困惑、失迷、難解，甚至痛苦、無奈、悲傷……，想要一種沒有結束的滿足，那麼，何不試試耶穌？

從英國來的明信片

她大學畢業後，即遠赴英國求學，正準備提交博士論文的時候，家鄉傳來母親罹患乳癌的消息。於是，她等不及口試，收拾行囊返台。

回到家裡，母親一臉平安的告訴她：「將來如何，我們不害怕，因為我們都在主耶穌的手裡，祂保守我們甚於一切。」

雖然重病，她的母親照樣唱詩讚美主，沒有懼怕，沒有憂愁，感覺好像沒病一樣。這讓她清楚知道，我們雖不知道明天如何，但知道明天掌握在誰的手中；我們雖不知道萬物的結局，但我們知道作為神兒女的結局，至終要與主一同作王掌權；並且，許多大自然的現象顯示，這世界的結局近了。

春節後，她返回英國，繼續完成學業。我在MSN告訴她，我得了癌症。她天天為我禱告，時刻關心我的狀況。有一天，我收到一封來自英國的明信片，上面的圖案是伯明罕的市中心廣場，裡面隻字片語寫著神如何愛我，將出人意料的平安賜給了我。但最令我感動的是，她寫著：「我站在這裡，看著廣場上的美景，心裡想著有一天，我們和這廣場並其上的一切，都要消失，但神的心意與話語卻要長存。」

對於一個前途似錦的女孩，「長存」是這樣一個定義。

工作和學業的成敗如何，終會如雲煙消散；重病或患難又如何，人肉體的一切勢必朽壞。任何處境，是非對錯，美麗與否，都會消失，惟一不會消失的是，神與人之間那永恆的愛。

我要活下去

近來經濟衰退、失業率攀升、壓力劇增、自殺率頻傳，甚至新聞中一天就有六、七起自殺死亡事件，釀成不少家庭悲劇，因此社會上就興起了一個「我要活下去」的運動，以知名人士向困境搏鬥的例證，來鼓勵人勇敢的活下去，然而這真的能解決人活不下去的問題嗎？

人會活不下去，或是學業失望，或是情場失意，或是事業失敗，或是疾病纏身，或是人生無望，總之是不知道如何活下去了。但是，還有更多沒有去自殺的人，就活得很好了嗎？難道不是人生不如意十之八九？難道有誰在內心深處，沒有時常感到迷茫、歎息與無力嗎？所以，問題不是人要自殺，也不是人不勇敢，而是人要過怎樣的生活，才能真正好好的「活下去」？

生活是生命的顯出，玫瑰的生命叫牠有開花的生活，鳥的生命讓牠有會飛的生活，魚的生命讓牠有會游泳的生活，而人的生命呢？乃是勞心勞力終得一坏黃土的生活。所以，有甚麼樣的生活，乃是因著那個「生命」。然而，除了動、植物以及人之外，還有神的生命；神是宇宙一切生命的源頭，神自己就是那最高並獨一的永遠生命。聖經裡耶穌基督說，我就是生命（約翰福音十一章二十五節，十四章六節。）神是生命，神的生命是那永遠長存，無窮無盡，完美無缺，不能朽壞、不被毀壞的生命。那麼，神的生命會有一種甚麼樣的生活呢？神是愛、光、聖、義、智慧、平安、喜樂，具有包羅萬有一切正面的事物，所以神生命的顯出，就是這一種豐富的生活。這也就是耶穌在地上的生活，無論人如何逼迫祂，祂仍然活得有智慧、有忍耐、有愛。

這樣看來，不是人要如何活下去的問題，而是要有另一個生命，就是神的生命；人要有神的生命，憑神的生命，並讓神的生命來活，人才能活得下去。

人要如何才能有神永遠的生命呢？聖經說，一切信入祂的都得永遠的生命；（約翰福音三章十五節）並且，耶穌不僅說我是生命，更說人要藉著祂才能到父那裡去。（約翰福音十四章六節。）就是人必須藉著信入基督耶穌，才能得永遠的生命。這永遠的生命也是復活的生命，叫我們將來有復活的盼望，現今更得以憑這生命，而勝過環境，衝破黑暗，超越一切消極思想的捆綁，活出喜樂、愛、平安。

隔一道深淵

在某個住院的晚上，隔壁床從急診送來了一位老太太，因為我都躺在床上，不可能近看接觸，只能從看護及醫護人員對她的照顧看來，她應該是經過氣切、插鼻胃管、插尿管的狀況，意識應該也不太清楚。

她不能說話，不能表達，但是經常可以聽到她哀叫的呻吟聲，這痛苦聲令人心情煩悶，非常低落下沉，甚至她越到夜裡，叫聲越頻繁越大聲，令我無法入睡。

她的兒女顯然經濟狀況應該還不錯，住很好的養老院，請很好的看護。當然，偶而兒女也會來看她，但是她意識不清楚，兒女也無法跟她講話，只能跟看護了解一些狀況而已。

我老公看到這種狀況，跟我說：「如果將來老了，我像這種狀況，千萬不要救我，也不要醫治我。」

我回答：「我想要活到這麼老，還撐一口氣，也不容易。而且我活得比你長的機率不高！所以，不必為明天擔憂！」

說實在，老太太的呻吟，讓我很難過！因為我不能替自己做什麼，也不能替她做什麼？我能傳福音給她，讓她喜樂嗎？所以現在的我，對她說什麼、做什麼，沒什麼用。

另一面，我感覺我跟這個老太太隔著一道簾子，卻清楚聽到她痛苦的哀號。這使我想到路加福音十六章十九至二十六節這一段，說到人死後，信主與不信主的人分在快樂與痛苦的兩邊，隔了一道深淵，彼此能夠聽見看見，卻不能走過去。那時，即使是你摯愛的親人，在痛苦的那一邊，也無可奈何。我想，也許就像我跟這位老太太隔著這道窗簾的感覺吧！

老太太年邁多病而身受痛苦，而我腎臟切片後躺在床上八小時，又要二十四小時不能下床，那真的很痛苦。只是在那八小時間，我幾乎每十分鐘哀叫一聲，又酸又痛又不能動彈，但我每次哀叫時，我老公都會塞一片百分之七十一的巧克力到嘴裡，讓我享受在又苦又甜的感覺裡。所以，無論信不信主，都會痛，差別是我痛的時候有巧克力吃。

尋找失落的那一隻羊

沒有一位真正的牧人，會丟下自己的任何一隻羊。

從前，每當讀到路加福音中，牧人撇下了九十九隻羊，竟然去尋找失迷的那一隻羊，總是會很感動。心想，我們的救主耶穌真是我的好牧人，祂寧願放下一切，撇下九十九隻正常的羊，而來尋找像我這樣一隻失迷的羊，可見祂牧養的愛是多麼的浩瀚！

但，到如今我逐漸發現，撇下那九十九隻，而去尋找失迷的那一隻，其實是多麼的難！尤其現代人，沒有人會去做這種不符合投資報酬率的事。丟下九十九隻會為你賺得利潤的好羊，而去尋找搞不好已經跌落山谷，一命嗚呼，只餘羊皮的迷羊。還搞不好連原來的九十九隻好羊都不見了，太划不來了，這真的是一件只有傻瓜才會去做的事。

大部分的人，作為老師，喜歡的是優秀的學生；作為父母，喜歡的是讓他驕傲的孩子；作為老闆，喜歡的是聽話的員工；作為牧人，喜歡的是緊緊跟隨凡事順服的小肥羊。

大部分的人，對於一個不聽話，不合群，常脫隊，惹麻煩，出狀況，甚至百教不懂，千呼不應的人，能夠願意人前忍受，人後搖頭，就已經不錯了。誰還願意付出重價，用無盡的柔愛，把這樣難搞難纏的人帶回羊群，享受肥沃的青草呢？

原來，我們的主耶穌一直在做這種吃力不討好的事！而我們，就像彼得一樣，總以為愛主愛到底，總以為絕不背叛主，總以為誓死跟隨主；其實，也不過就是環境來時不斷否認主的人！總以為自己能為主做多少工，總以為自己對主已經有了什麼地老天荒，海枯石爛的經歷，總以為自己已經愛主愛到至死不渝，說穿了，還不是環境來時自個兒先躲為妙；其實，自己什麼也沒有，什麼也不是！在那提比哩亞的海邊，一夜打不到魚的彼得，還是需要主耶穌來幫他網到魚，而且又飢又渴的彼得，不需親手烹調那些網裡的魚，因為主耶穌早已升起炭火，烤好了魚和餅，等彼得來盡情享受這豐富的早餐。（約翰福音二十一章一至十四節）

如果不曾失敗離主而去，如果不曾流落世間辛苦一夜打不到魚，不曾在滿身疲憊的歸途中，發現早餐早已為你預備好，其實我們真的很難明白，為甚麼接著主會三次的問彼得：你愛我嗎？三次的答案都是你餧養我的小羊。（約翰福音二十一章十五至十七節）

愛就是餵養，餵養就是永遠不放棄；餵養是無盡的等待，永遠的守候，豐富的預備。

主等待，尋找，尋回了失迷的羊。主如何不放棄我們，我們也如何不放棄主所愛的。

原來，得回失迷的那一隻，比搞定九十九隻更有價值。

在我們的生活中，再笨、再差的孩子，都沒有一個應該被放棄！再難相處、再難溝通的工作夥伴，沒有一個應該被輕忽。再墮落、再沉淪的罪人，沒有一個應該被唾棄。因為當你尋回最叛變的羊，才能散發生命的光輝；最艱難、最疲倦的道路，最能看見不滅的光束；最黑暗的低谷，最有生命的暗流；在死亡之後，才能顯現復活大能！

原來，真正的愛，真正該去牧養的，不是那些讓你得意的人，而是那些背棄了你，甚至總讓你失望的人。

如果身邊沒有麻煩人物，主的生命永遠難以加注。如果彼得不曾軟弱失敗過，不會知道什麼是愛主。原來，在愛裡的牧養，是像傻瓜一樣付出不可能的代價，等待一位沒有人認為會回頭的人。

我們能像主一樣，出代價，卻不是很快看到成果，或是永遠預備好早餐，等待那疲倦的人？你我都一無所有，一無所能，但卻有一位深愛你我的主，祂早已付上了十字架的代價，預備了無限豐富的行囊，只要你願意隨祂而行，祂的道路，將成為你的道路。

（基督教論壇報）

最滿足的生活

人一生最大的問題，不是如何生，也不是如何死，乃是如何活。人一切的努力所追求的，不過是更好的生活、最高品質的生活、叫人心得意滿的生活；但甚麼樣的生活，才是高等之人的高品生活，使人活得真正滿足？

有人活得醉生夢死，只求我快樂就好，結果造成身邊的人不快樂，自己更不快樂；有的人為物質享受而活，結果一個天災人禍，一切努力轉眼成空；有的人為功成名就而活，結果天天你爭我奪，內心終日惶惶不安；有的人為愛情而活，結果愛成怨情是空，換來此恨綿綿；也有的人為道德、為宗教而活，結果遇到環境就軟弱、無力，不能盡如人意，更難滿足己心，真是左右不是人，痛苦不已！

那麼，人到底要怎麼活，才能有永遠的喜樂與盼望呢？聖經上說，神是按著祂的形像與樣式來造人的（創世紀一章二十六節）；也就是說人有神的形像與樣式，但沒有神作內容；有外表而沒有內容，那豈不是人不像人，神不是神嗎？於是生活自然就一團糟，無目的、無方向、無盼望，時常空虛、痛苦、失望、灰心。

人被神所造，是一個器皿，乃是要人以神作內容，接受神的生命並憑著神的生命來過生活。於是，神親自成了一個人，就是耶穌，經過死而復活而得以進到相信祂的人裡面，使人有了神的生命後，就可以憑祂而活，同祂來活，並完全讓祂在人裡面活。

這位創造宇宙萬物之奧祕的神，為了愛祂所造的人，經過種種過程，如今不僅在天上，更要進到人裡面，與人一同生活。神在人裡面，而人讓裡面的神來過生活，就是神從人活出來；這樣神愛人，人愛神，神與人一同生活，就叫神、人同得滿足。

當人得著神的生命，並憑著基督這神聖的生命活，讓神的生命從人活出，自然這生命是喜樂的生命，就活出喜樂的生活；這生命是愛，就活出愛的生活；這生命是勝過黑暗、超越死亡，是得勝的生命，就活出得勝的生活。是正常的人在過生活，可是裡面卻又有神的生命在活，是得勝的神活出來了！生活是神又是人，這樣的活，是人生的意義，是最滿足的生活。

基督徒戒煙法

「基督徒戒煙法」這個題目一聽就很扯，基督徒怎麼能抽煙？抽煙的能當基督徒嗎？一般人抽煙都有一堆負面批評，自己活得短，又影響別人健康，破壞環境等，總之大家都認知，抽煙不是好事。但偏偏就是有這麼多人抽煙！而且還不少是基督徒。

千萬不要訝異，首先，聖經沒有說抽煙的人不能成為基督徒；聖經清楚說明，成為基督徒的第一要件，是相信並接受基督做生命的救主。主耶穌在福音書中也清楚的說，祂來是救罪人不是義人，並且有病人的人才需要醫師；主耶穌是真正的大醫師，是能赦免人的主，是神所給我們，在天下人間唯一的拯救。

基督徒是罪人，罪人蒙恩得救，也不會突然就變成聖人，還要經歷許多跟主之間在愛中討價還價的過程。所以，一個人不會因為抽煙而不能成為基督徒，也不會因為自己是基督徒，就一定不抽煙。

我是個基督徒，我抽了十五年的煙。我沒有因為成為基督徒就突然不抽煙，記得從前在廣告、傳播公司工作，因為創意工作壓力大，又常熬夜，幾乎一天一兩包煙。曾經，過了三十歲，覺得自己該戒煙了，為了想活長點，但沒多久又抽上，因為活著不見得多好，沒多大吸引力。至今，很多弟兄姊妹問我，到底抽煙有什麼好？我用什麼方法戒煙？

先說抽煙有什麼好，至少可以紓解情緒緊張壓力，可以魂飛象外，刺激思考，感覺沉浸在自我的思維與情感世界中。那麼，既然活長點對我都沒吸引力，那麼我到底用什麼方法戒煙。說實在，什麼方法都沒有。

我只是在不聚會的時候，被教會尋回，然後正常聚會，過一點點禱告與讀經的生活。然後有一天，我想要求問神，我活在這世上的意義是什麼？為什麼有些不該是我的變成是我的，而我想要的瞬間又變沒有？於是，我很迫切的問主耶穌，到底神對我這個人活在這世界的計畫是什麼？在禱告中我發現，原來我所有的能力與經歷，一定是為著神有一個目的的，所以我應該把我所在乎的一切理想、能力、經驗等，奉獻給主，為主做工。因為，一切若是祂所賜，那麼也理當歸於祂。

那時，我開始學習配搭服事，把我全部的時間都擺在服事中；當然我抽煙就會減少，因為不能在弟兄姊妹面前抽煙。但是，我仍然用我所愛的思考模式，有我的情緒問題。逐漸地，我發現自己既然全部奉獻給主，那為什麼跟主之間，有一個帕子，這帕子會遮蔽我面見主的榮光。那就是，我怎麼能夠有些隱藏的事，有些無法面見神與面對弟兄姊妹的事呢？如果這樣，那麼我算是一個奉獻的人嗎？

自此之後，每當我情緒混亂，思考膠著，想要點起一根煙時，我就會想到：「你是愛主，還是愛煙呢？你是愛神的心意，還是愛自己的心意呢？你是倚靠自己的智慧與能力，還是倚靠神的智慧與能力呢？」一時間，我知道這就好比信主或不信，永遠的生命與滅亡，得救與不得救，得勝或不得勝，愛自己或愛神，基本上只有兩個答案一個選擇。

漸漸地，無論發生什麼事，我都不會想要拿起煙，甚至對煙味有趨而遠之的敏感。

基督徒可以抽煙嗎？聖經告訴我們：「凡事都可行，但不都有益處；凡事都可行，但不都造就人。」所以，重點是此時此刻自己所做的這件事，是光明的嗎？是在神看來有益處的嗎？是對人有造就，還是產生絆跌？如果這是一個疑惑，那麼就好好禱告吧！

至於基督徒如何戒煙？這讓我想起一個小故事，有個男人的妻子與疾病纏鬥數十年過世後，非常悲傷。這男人的朋友一邊安慰一邊問他：「我真不懂，和一個人朝夕相處四十年，又有疾病的困擾，為什麼你還能這樣照顧她，這樣充滿憐惜與不捨？如果是我面對自己妻子的話，真不知道能否做到？」這男人回答朋友說：「當然可以，如果你夠愛她！」

所以，基督徒戒煙法基本上只有六個字：「如果你夠愛祂。」只要明白祂很愛你，而你也夠愛祂！沒有什麼不可能，不需要任何方法。

（基督教論壇報）

十年後的我

十年前，一位同事罹患血癌，她告訴我她作夢，夢到去仙山求道，只求多活十年。那時我雖然信主，卻不常聚會；雖然常跟這個同事一起出去玩，但不太敢跟她傳福音。沒多久，她又重感染住院，白血球急速下降，昏迷之際，我鼓起勇氣告訴她一定要信主耶穌。她說，她願意明天跟我們一起禱告。

第二天，我帶傳道人到醫院看她時，她剛剛被送到太平間，等不到多十年的生命，更沒有得到神永遠的生命。此後，我認真悔改，追求聖經真理；因為我知道，有太多人沒有十年可等待，甚至沒有明天。

國小一年級時，母親去世，我沒想過十年後會如何，只想自己何時也跟母親一樣會離世？我該去哪裡？對這個問題，我感到非常恐懼。所以國小時，我不太會想十年後，因為明天不在我手裡。到了國中，因為升學的壓力，我開始必須想自己將來要作什麼，開始注意到十年後的我是什麼？終於，我想到不管現在學什麼，在十年後，我都要有自己的房子，並且成為小說家，得到文學獎。

果真，十年後我寫了一些小說，也得了一些文學獎，更成功的從護理界轉業成為一個文字工作者。但我發現，這並不能帶給我滿足與快樂；我也有了屬於自己的房子，但卻感到換來更多空虛與麻煩。甚至，我賺到第一筆一百萬的企劃費，在正職之外，我有工作室，有多種外快，但我發現再多的金錢物質，都可以在一瞬間任我揮霍；再多的掌聲與肯定，也掩蓋不了夜深人靜的空虛愴然……。

（誰知道十年後大環境的變化如何呢？世界會不會毀滅？你的生命還有多少？）

那時，雖然我已接受耶穌作我生命的救主，但這跟我追求生活目標是兩件事。只是偶爾想到，如果我得了絕症來日無多會如何？什麼會是最有價值的事？我得趕快向人傳福音，讓他接受耶穌做救主，這樣我才不會雙手空空去見神。

可是，如果我突然走了呢？那麼我連找人信主的機會都沒有。那麼，我今天努力讀書、思考、寫作，奮發圖強，追求成功，到底有何意義？原來，如何抵達人生的終站，才是最重要的！我恐懼於不知何時就會到終站，而我又是否預備好了見我的主呢？

也許對很多年輕人來講，十年之後，正是夢想大放異彩時；可是也有些人，等不到十年就發生變故。對老人來講，十年是奢求，能過一年就是一年了。對那些在安寧病房的學童或青少年來說，今天活得開心最重要。

人生的變化不在我們自己手上，誰知道十年後大環境的變化如何呢？世界會不會毀滅？我確信，連明天都不掌握在我自己的手上；但我更確信，是誰在掌管明天。是那用生命來救我、愛我、贖我歸祂的基督。

經過這十年的人生滄桑變化，我不知明天如何，也不知自己何時見主。但是，我知道可以掌握今天，活在主的同在裡，活在神生命管治的範圍內，隨時預備好迎見神；我也確知，當我迎見我的神時，我所得到的不僅是今天、明天，更是無數的明天；不是一年、十年，而是千年，直到永遠。

預備迎見我的神，把握神安排在我身邊的人事物，珍惜每一時刻，這是我目前最重要的事。

人生的意義

您知道，台灣每天有數起自殺事件，從兒童、青少年、到百歲人瑞，無論是失學、失業、失戀、失婚、失親⋯，人都是活得空虛痛苦。當然，就算您不一定會自殺，卻會經常活得沒盼望、沒活力！不論您活著為甚麼，事業、愛情、或是一個偉大的理想，但最後的結局都是死。所以，您追求甚麼都不滿足，任時光流逝，總是無可奈何。我們不禁要問，生而為人，活在這悲歡世間，人生的意義與價值何在？

全世界最暢銷的書——聖經，其中告訴我們，我們活在世上，若在基督以外，就沒有指望（以弗所書二章十二節）。為甚麼呢？因為人是按著神的形像與樣式造的（創世記一章二十六節），這就好比手套是按著手的形像與樣式造的，如果沒有手裝進去，手套就是空虛而不實際的。

神用塵土造了我們的身體，然後為我們造了一個靈，使我們能夠盛裝那是靈的神。然而，因著人類的墮落，人的靈失去了功用，神就親自來成為人——耶穌基督，為我們這些人死在十字架上，作了我們的救主。當祂從死裡復活以後，祂成了永活的靈，不只赦免了我們的罪，更要進到我們裡面，作我們的生命。這是何等甜美、奇妙的救恩，創造萬有之神，竟肯進到我們這受造、且墮落過的人裡面，來作我們的生命。所以聖經告訴我們，若我們在這位基督之外生活，我們的人生肯定沒有指望。我們若是僅僅憑著受造、肉體的生命活著，我們就不會滿足；若是沒有神的生命進到我們裡面來作我們的生命，我們的人生就沒有目標、沒有盼望！在我們的靈裡，若沒有神自己在裡面，不論事業多發達，多有成就，多有地位，我們仍然感到有一種無盡的虛空，隨時要將自己吞噬……。

人肉體的生命的確是軟弱、無能，以致許多人根本活不下去了，或是感到活得毫無意義！但耶穌說，『我是生命。』（約翰福音十一章二十五節）主耶穌自己就是生命，惟有祂自己這神聖、永遠的生命，進到我們裡面，作我們的實際，纔能解決我們裡面的空虛；惟有當我們裡面被基督充滿後，我們的人生纔有指望。所以，人的生命乃是為著神的；我們生存的目的，就是要將神接受到我們裡面作生命。而我們人之所以活著，人生的最大意義與最高價值，就是被這位包羅萬有的基督所充滿，讓祂的豐富成為我們的一切，而活祂、彰顯祂！

永遠的水

「民眾趕快做好儲水準備」、「發生旱災……衛浴設備省水問題衍生……」、「聖嬰現象引起乾旱……」、」久旱不雨……導致產季延後」、「只要缺水獲得解決、美股止穩降低負面影響」……。這是最近每天籠罩在我們耳邊的新聞，令人恐慌、不安、活生生的缺水危機。不要說你不擔心，沒有水，經濟慘跌、環保失序、衛生失衡、健康失落、生命受到威脅！你一天不喫飯不會死，一天不進水就報銷；因為人體百分之七十是由水構成的，水是人維持生命之源。

我們很難想像，活到二十一世紀，我們生活的危機竟然是水！水是誰造的呢？聖經上說，是全能之耶和華神；人是誰造的呢？也是全能之耶和華神。神造水，讓這天地有水，是為著人；因為神造人，不僅是用塵土和水的成分來造人，更是按著神的形像與樣式所造的（創世記一章二十六節），這說出神要人作祂的彰顯。但因著人的始祖亞當墮落，帶進了罪與死亡，從此雖然天地有水，人卻離了神，不能彰顯神；人所僅有的，只是邁向死亡的罪之肉體，因此人無論怎麼喝水，都必定再渴。

肉體的生命要喝水，喝了還會再渴，縱使如今水荒解決，我們仍然感到危機重重，彼年颱風使捷運站成水庫，翌年卻是全台鬧水荒。水災、旱災、外加震災……，就算沒有災難不斷，我們深處總不滿足，總有乾渴，總是尋找又失落，到手又成空，奔跑卻茫然……。追求事業恐怕過勞死，追求健康還是會死，追求愛情又要鬧得你死我活……。對於生命，我們有無止境的渴求，卻又通通不確定，通通沒盼望。原來永遠的乾渴，是我們最大的災難。為甚麼？因為我們裡面沒有永遠的水。

創造人的神，知道人的痛苦，因著祂愛人，所以親自成為一個人——耶穌。耶穌說，「人若喝我所賜的水，就永遠不渴；我所賜的水，要在他裡面成為泉源，直湧入永遠的生命。」（約翰福音四章十四節）「信入我的，必永遠不渴。」（約翰福音六章三十五節）這位主耶穌，為我們上了十字架，為我們死，清償我們一切的罪債；並且他更復活成為生命之靈，要進入我們這信祂的人裡面，也就是祂這永遠的生命之水，要來湧流我們、浸透我們，並把我們帶到永遠的生命裡。我們喝祂這永遠的水，就永遠不渴；並且祂還要從我們裡面湧流出來，就如祂在約翰福音七章三十八節所說，「信入我的人，……從他腹中要流出活水的江河來。」這裡「活水」和「腹中」之寓意說法，說出這位成為生命之靈的救主，不但要像活水一樣要進到我們裡面，解除我們的乾渴，更叫我們成為祂生命活水的管道，將祂流出，作祂永遠的彰顯。

赤身

這幾天一切的事情讓我感到，肉身的苦樂，世間的得失，不過轉瞬間，如果沒有主耶穌，沒有這一個永遠生命的榮耀盼望，毫無意義。

人是由什麼構成的呢？神所創造的人，除了靈、魂之外，就是這塊肉身皮囊。聖經上說，神是用泥土造人的；科學證明，肉身的組成，就是泥土與水的組成。那麼，泥土要做什麼呢？作陶器。對的，泥土的目的可以做陶器，主耶穌是那工匠，我們是器皿。於是，我知道，肉身苦難的這一切目的，也不過是為了在我們這軟弱之人的身上，顯出神極大的憐憫與榮耀。

現在，我覺得自己真的一無所有。除了主耶穌以外，一無所有；除了弟兄姊妹以外（當然我的丈夫也是弟兄），一無所有。健康沒有、財產沒有、存款沒有、職業沒有，連性格裡的驕傲與自尊都沒有了。我家老公跟我講：「那好啊！有一天我們去見主的時候，彼此手牽著手，身上沒有這世界的一切；這世界，本來就不是主所要的，這不是很好嗎？」對啊！

是很好，應該是這樣的！因為，我們本來就一無所有的來到這世上，賞賜的是耶和華，收取的是耶和華。有一天，我去見主的時候，在審判台前，我會說，我不過是一個卑微的罪人，因神的憐憫而活，主的恩典在我裡面活，讓我在永遠裡與主同活。

因祂而活，讓祂在裡面活，永遠地與祂同活。這就是基督徒的命定。

我赤身的來，也赤身的而去。我記得父親交代過：「有一天我死的時候，記得不要舉喪，不要發訃聞，只要靜靜的處理，隨便樹葬就好了，之後再登報告訴朋友，此人已不在世。因為，人是雙手空空靜靜地來到這個世界上，憑什麼砰哩轟隆地大張旗鼓地離開呢？除了靜靜地走，又能真的帶走什麼呢？」

聖經約伯記裡說：「我赤身出於母胎，也必赤身歸回。賜給的是耶和華，收取的也是耶和華；耶和華的名是當受頌讚的。」人出於泥土，歸於泥土；我們是赤身出於母胎，也必赤身歸回。

我深知，無論是生是死，總要叫祂在我身體上，現今也照常顯大；無論有多苦痛，我亦明白，我不屬自己，單單屬主而已。我願意獻上這樣的禱告。

語言文學類　PG0696

拾起那遺忘的青春
——蕭正儀散文集

作　　者 / 蕭正儀
責任編輯 / 黃姣潔
圖文排版 / 王思敏
封面設計 / 陳佩蓉

發 行 人 / 宋政坤
法律顧問 / 毛國樑　律師
印製出版 / 秀威資訊科技股份有限公司
114台北市內湖區瑞光路76巷65號1樓
電話：+886-2-2796-3638　傳真：+886-2-2796-1377
http://www.showwe.com.tw
劃撥帳號 / 19563868　戶名：秀威資訊科技股份有限公司
讀者服務信箱：service@showwe.com.tw
展售門市 / 國家書店（松江門市）
104台北市中山區松江路209號1樓
電話：+886-2-2518-0207　傳真：+886-2-2518-0778
網路訂購 / 秀威網路書店：http://www.bodbooks.com.tw
國家網路書店：http://www.govbooks.com.tw
圖書經銷 / 紅螞蟻圖書有限公司
114台北市內湖區舊宗路二段121巷28、32號4樓
電話：+886-2-2795-3656　傳真：+886-2-2795-4100

2012年1月BOD一版
定價：180元

國家圖書館出版品預行編目

拾起那遺忘的青春 : 蕭正儀散文集 / 蕭正儀著.
-- 一版. -- 臺北市 : 秀威資訊科技, 2012.01
面； 公分. -- (語言文學類 ; PG0696)
BOD版
ISBN 978-986-221-898-3(平裝)

855 100026541

讀者回函卡

感謝您購買本書，為提升服務品質，請填妥以下資料，將讀者回函卡直接寄回或傳真本公司，收到您的寶貴意見後，我們會收藏記錄及檢討，謝謝！
如您需要了解本公司最新出版書目、購書優惠或企劃活動，歡迎您上網查詢或下載相關資料：http:// www.showwe.com.tw

您購買的書名：____________________

出生日期：________年________月________日

學歷：□高中（含）以下　□大專　□研究所（含）以上

職業：□製造業　□金融業　□資訊業　□軍警　□傳播業　□自由業
　　　□服務業　□公務員　□教職　□學生　□家管　□其它____

購書地點：□網路書店　□實體書店　□書展　□郵購　□贈閱　□其他

您從何得知本書的消息？

□網路書店　□實體書店　□網路搜尋　□電子報　□書訊　□雜誌
□傳播媒體　□親友推薦　□網站推薦　□部落格　□其他________

您對本書的評價：（請填代號　1.非常滿意　2.滿意　3.尚可　4.再改進）

封面設計____　版面編排____　內容____　文／譯筆____　價格____

讀完書後您覺得：

□很有收穫　□有收穫　□收穫不多　□沒收穫

對我們的建議：____________________

____

____

____

請貼
郵票

11466
台北市內湖區瑞光路 76 巷 65 號 1 樓
秀威資訊科技股份有限公司 收
BOD 數位出版事業部

（請沿線對折寄回，謝謝！）

姓　名：＿＿＿＿＿＿＿＿　年齡：＿＿＿＿　性別：□女　□男

郵遞區號：□□□□□

地　址：＿＿＿＿＿＿＿＿＿＿＿＿＿＿＿＿

聯絡電話：(日)＿＿＿＿＿＿＿＿　(夜)＿＿＿＿＿＿＿＿

E-mail：＿＿＿＿＿＿＿＿＿＿＿＿＿＿＿＿